아내를 위한 레시피

아내를 위한 레시피

펜 대신 팬을 들다

조영학 지음

틈새의시간

1장 내 이름은 붂덱

차 례

들어가는 글

삶의 레시피를 찾아서

아내에게서 반강제로 살림을 빼앗은 지 벌써 20년이다. 아내가 밖에 나가 일하고 내가 집에서 일한 게 꽤 되었으니 가사도 진작에 내 몫이어야 했건만 예전엔 그런 생각을 하지 못했다. 지긋지긋한 가부장적 사고 때문이다. 그놈이 머릿속에서 가부좌를 틀고 앉아 "부엌일은 여자의 몫, 사내가 부엌에 들어가면 거시기 떨어진다."라며 세뇌하고 있었으니까.

결심한 계기는 아내의 발 부상이었다. 아내가 계단을 내려오다 발을 삐끗한 것이다. 큰 부상은 아니었다. 정형외과 몇 번 다녀오고 깁스 두어 달 하면 낫는다고 했다. 문제는 내가 운전을 하지 못한다는 것. 당시 우리 집은 대규모 아파트단지에서도 맨 구석에 있었다. 제일 가까운 정형외과가 왕복 2킬로미터 거리였다. 버스도 택시도 다니지 않는 단지의 무더운 여름, 목발에 의지한 아내를 부축해 병원을 다녀오는데 아내가 불쑥 한마디를 던졌다.

"미안해, 괜히 다쳐서 애먼 형아만 고생하게 만드네." 아내와는 대학 선후배 사이였는지라 386 출신답게 지금도 나를 '형'이라고 부른다. 결혼 전의 습관을 버리지 못한 탓이다. 아무튼 당신, 여보 소리는 나부터 닭살이 돋아서 질색이다. 맙소사, 여보라니!

병원을 오가는 동안 미안한 건 당연히 나여야 했다. 가장이랍시고 위세만 떨었지, 그간 제대로 돈을 벌어오지도 못하고 직장이 멀어 가사를 도울 형편도 되지 못했다. 게다가 남들 다하는 운전도 못 해 아내를 이 고생으로 내몬 것이다. 그런데 되레 나한테 미안하다니.

결국 몇 날 며칠을 고민하다 나도 아내한테 한마디 던지고 말았다.

"이제부터 주방에 들어오지 마. 내가 알아서 할게."

고맙고 미안해서 한 약속이었다. 난 그렇게 주방을 접수하고 이십여 년째 주방을 사수하고 있다.

내게는 집밥의 기억이 거의 없다. 다섯인가 여섯 살 때 부모가 헤어지고 주로 다섯 살 많은 누이의 손에서 자랐다. 열

여섯 나이엔 새엄마의 학대에 질려 영원히 집을 나와 나 홀로 진주, 부산 등을 돌며 공장 생활을 했다. 그 후 누님, 형님 집을 전전했지만, 먹기보다 굶은 적이 많던 시간이 적지 않았다. 그렇게 얹혀살 때조차도 내 생활은 집밥이라는 이름으로 상징되는 가정, 따뜻함, 사랑 등의 느낌과는 거리가 멀었다. 밥은 그저 생계의 도구였을 뿐 다른 사람들이 그렇게 그리워한다는 고향의 맛, 엄마의 손맛 같은 기억은 없다.

고 김서령 작가의 《외로운 사람끼리 배추적을 먹었다》를 읽으며 질투부터 난 것도 그 때문이다. 그의 문체에서는 기억의 맛이 배어났다. "달고 살짝 고소하고 은은하게 매콤한 겨울 배추에 밀가루를 묻혀 구워낸 배추적"은 어떤 맛일까? 된장이 아니라 날콩가루를 "다닥다닥" 무쳐 끓인 냉잇국은 또 어떨까? 아니, 무엇보다, 따뜻하고 화목한 가정에서 태어나 손맛 좋은 어머니가 차려준 정갈한 밥상을 마주하는 느낌은? 나로서는 되새기고, 되살리고 싶어도 처음부터 부재한 기억들이자 맛이다.

내가 요리하는 이유가 어쩌면 부재의 기억을 만들고 채우는 과정일지도 모르겠다고 생각했다. 누군가의 어머니 또는 가족이 사랑하는 사람들을 위해 정성껏 밥상을 차리듯, 나도 아내와 아이들을 위해 최선을 다해 요리한다. 김서령 작가가 기억했다는 맛의 기억을, 가족을 위해, 나를 위해 만들어주는 것이다.

그럼 내가 떠난 후 아내와 아이들은 내 부재보다 내 손맛을 더 기억하지 않을까? 그럴 수 있다면 이 척박한 세상에서도 삶이 조금은 더 따뜻하고 덜 팍팍하지 않을까? 집밥을 기억하는 의미란 바로 그런 것이라 믿어본다. 함께한 시간을 영원히 기억하는 일.

이 책은 요리책이 아니다. 애초에 내가 대단한 요리사도 아니다. 웬만한 음식은 다 내 손으로 만들고, 생소한 요리도 레시피를 쭉 훑어보면 흉내 정도는 내지만 요리사처럼 최고의 맛을 추구하지도 않고 더 나은 요리를 위해 연구를 하는 것도 아니다. 최고의 요리를 위해 최고의 식재료를 찾아다니지도 않는다. 오히려 재료는 맛보다 가성비를 따지고 마트에 가면 주로 마감 세일 코너를 기웃거린다.

특별한 이야기를 할 생각도 없다. 특별한 요리사가 아니듯 특별한 인물도 되지 못한다. 그저 학문과 글밖에 모르던 대한민국 중년 아재가 어느 날 문득 밥과 반찬을 만들고 텃밭을 가꾸고 술과 장을 담그기 시작했다. 대부분의 중년 남자가 가지 않는 길, 꺼리는 길을 선택한 것이다.

이 책이 누군가에게는 대리만족이 되고 누군가에겐 갈증이 될 수도 있겠다. 왜 저렇게 사나, 한심하게 보일 수도 있다. 어쨌거나 어느 날 난 선택했고 그 이후 모든 것이 변했다. 아내가 변하고 가족이 변하고 무엇보다 내가 변했다. 생계 수단에 불과했던 밥상 위에 얼마나 많은 가치와 의미가 있는지 깨닫기도 했다. 선택은 늘 그렇듯 기적을 만들어낸다.

요리란 그저 음식을 만드는 일이 아니다. 텃밭 역시 단순히 농작물을 가꾸는 일이 아니다. 모두 삶에 대한 이야기다. 사람과 사람을 이어주고 사람과 자연을 이어주는 일이다. 살림은 사람을 살리는 일이다. 사소한 일상이 얼마나 소중하고 가치 있는지 깨닫게 해주는 일이다. 나는 살림을 하면서, 요리를 하면서, 김서령 작가가 말하는 삶의 맛이 무엇인지 깨달았다. 행복이 어떻게 우리를 찾아오는지 느낄 수 있었다.

여기에 실린 얘기는 그런 얘기들이다. 맛이 아니라 삶을 요리하는 레시피. 행복을 찾기 위한 레시피다. 모두가 나름의 레시피를 찾아 행복하기를 빌어본다.

1장

아내를 위한 레시피

살림은 아무나 하나

"이제부터 주방에 들어오지 마. 내가 알아서 할게."

알아서 하겠다고?

요리? 살림? 그거 다들 하잖아? 난들 못 할 게 어디 있어? 하다 보면 늘겠지, 뭐.

말이야 늘 쉽다. 문제는 내가 살림 한 번 해보지 않은, 가부장 시대 대한민국의 천덕꾸러기 꼰대 중년 남자라는 점이었다. 마이크 타이슨이 그랬다.

"누구에게나 계획은 있다. 얻어터지기 전까지는."

아주아주 오래전, 잠깐이나마 자취 생활을 한 적은 있다. 주말이면 이따금 아이들한테 떡볶이를 해주기도 했다. 그러니까 기본 가락이 아예 없는 건 아니란 얘기다.

아내가 발을 다친 후 진짜 음식을 만들어보겠다고 들어온 부엌은 말 그대로 정글이었다. 한 치 앞이 보이지 않았다. 냉장고에 호박이 보였다. 호박볶음을 해야 하나? 아니면 호박국? 인터넷에서 보니 새우젓이 필요하다던데 그건 어디 있지? 이 하얀 가루는 어디에 쓰는 걸까? 다진 마늘은 또 어디? 밥이 잡곡이던데 잡곡은 어디에 두지? 이것도 아내한테 물어봐야 하나?

모르긴 몰라도 중년 남자들이 요리에 도전하고 싶어도 쉽사리 덤벼들지 못하는 이유가 여기에 있을 것이다. 어디부터 손대야 할지 모를 막막함. 미지의 세계는 늘 두려운 법이다. 요컨대 한 번도 가보지 못한 세상에 발을 디민 것이다.

애초에 자취와 살림은 차원부터가 다르다. 대충 요리해서 내 한 입 챙기는 것과 온 가족의 입맛에 맞게 매일매일 새로운 메뉴를 만들어 대령하는 일이 어찌 같겠는가. 살림은 사람을 살리는 일이다. 누군가의 헌신을 연료로 사랑하는 사람들을 살리는 일. 그래서 살림이건만 그저 밥, 반찬 몇 개 만들고 청소하고 설거지 정도로 생각해 왔다.

막상 주방에 들어가니 정글 탐색은 저리 가랄 지경이었다. 일이 한도 끝도 없었다. 들어오긴 했는데 나갈 수 있을지 알 수 없었다. 사내들이 종종 던지는 "오늘 점심은 간단하게 국수나 해 먹자."라는 말속의 '그 간단한 국수'만 해도 그렇다. 비빔국수, 칼국수, 멸치국수, 짜장면, 짬뽕, 베트남 국수 등 가짓수만 오백 종이 넘는다. 메뉴마다 또 요리법이 오백 가지다.

청소는 집 안 청소, 주방 청소, 화장실 청소, 전기 기구 청소, 하다못해 TV, 옷장 청소까지, 집안일은 끊임없이 손길을 요구하고 그 하나하나가 나름대로의 요령과 전문 지식이 필요하다. 조금만 게으르면 프라이팬은 덕지덕지 기름때가 붙어 못 쓰게 되고 변기는 누런 똥 때가 눌어 철 수세미로 벅벅 닦아도 잘 지워지지 않는다.

내가 그 사실을 깨달은 것도 가재도구들이 이미 회생 불능 상태가 된 이후였다. 조금만 방향을 잘못 잡아도 헤어나지 못할 늪에 갇히고 마는 것이다. 초보 주부에겐 살림이라는 일이 그랬다.

번역은 영어 지식과 우리말 구사력, 약간의 상상력만 있으면 가능하다. 일류 셰프라고 해봐야 전문으로 하는 몇 가지 요리만 책임지면 그만이다.

살림은 차원이 다른 문제다. 매일매일 가족들에게 버젓한 음식을 제공하고 가족들이 편히 쉴 공간을 유지하는 일, 요컨대 가정이라는 공간에서 가족들이 행복할 수 있게 만드는 일이다. 그만큼 중요하고 가치 있다는 뜻이다. 그 어려운 일들을 우리네 어머니, 아내들이 해내고 있었다. 그런데 알량한 기술 몇 가지로 잘난 척하는 번역가, 셰프는 우러러보면서, 살림하는 사람들은 "집에서 밥이나 하는 사람" "부엌데기" "경단녀" 같은 식으로 업신여기다니!

어쨌거나…….

아내와의 약속을 지키기 위해, 부엌, 아니 주방에 들어가고 며칠 후, 퍼뜩 머릿속에 떠오른 생각은 "망했다"였다. 번역일만으로 하루가 빡빡한데 거기에 살림까지? 아내가 다쳤어도, 아내한테 아무리 미안하고 고마운 마음이 들어도 그냥 먼 산 바라보며 '생깠어야' 했다. 물론, 아내도 내가 사나흘 끙끙거리다 포기하리라고 생각했을 것이다. 당연하잖아! 다른 것도 아니고 살림인데!

이건 남자가 할 일이 못 돼. 절대로!

요리는 어려워

1990년 무렵, 그러니까 삼십 대 초반에 제주도에서 잠깐 자취 생활을 했다. 지금은 고인이 되신 숙부님께서 그곳 구 제주시에서 외국어 학원을 운영했는데 영어 강사가 필요하다며 내 의사를 타진한 것이다. 때마침 대학원 생활에 환멸을 느껴 두 달 만에 자퇴하고 일자리를 알아보던 참이었다. 난 이것저것 따질 것 없이 오케이를 했다.

학원은 오래지 않아 문을 닫았다. 큰 뜻을 품고 제주도에 내려가신 듯한데 평생 교직자로 살던 분이라 사업 경험, 사회 경험이 전무했다. 나중에야 깨달았지만 학원은 나를 부를 때 이미 가망이 없었다.

난 숙부댁에서 숙식을 해결하며 학원을 오갔다. 허름한 단층 한옥으로 학원까지 도보로 십 분 거리였다. 학원을 운영하느라 임시로 구한 집이었기에 변변한 가재도구 하나 주방 도구 하나 없었다. 숙모는 아예 서울에서 지내고 제주에는 이따금 내려올 뿐이었다. 제주도에는 숙부와 나만 남고 식사는 대체로 밖에서 해결했다.

강의하는 몇 개월 동안 수강생이 다섯을 넘은 경우는 거의 없었다. 당시만 해도 제주도는 일어 수요는 있어도 영어는 아니었다(지금도 그렇지 않을까?). 학원이 문을 닫자 숙부는 폐업 정리도 하고 새 일도 알아보겠다며 서울로 떠났다. 나만 덩그러니 제주에 남았다.

제일 큰 문제는 먹거리였다. 평생 얻어먹고만 살았지 내 손으로 뭐든 만들어본 적이 없다. 숙부는 정리가 끝날 때까지 학원을 지켜달라며 약간의 돈을 쥐여주고 떠났다. 언제 돌아온다는 얘기는 없었다. 이 돈으로 언제까지 살라는 걸까? 일주일? 한 달?

처음 얼마간은 냉장고를 파먹으며 살았다. 숙모가 해 놓은 김치와 밑반찬이 몇 가지 있어 밥만 하면 굶어 죽을 염려는 없었다. 돈을 아껴야 하기에 식당 밥은 언감생심이었다.

냉동실에 비닐 포장된 말린 생선이 그득하기도 했다. 한 마리를 구우면 두세 끼는 먹을 정도로 크고 맛도 기가 막혔다. 한 달인가 두 달 후 숙부와 숙모가 제주도에 와서 냉동실을 보고는 기겁하며 야단을 쳤는데 그 생선이 제주도에서 도 비싸기로 유명한 옥돔이었던 것이다. 귀하디귀한 옥돔을 하등 쓸모없는 조카 놈이 초토화했으니, 기가 막히고 코가 막힐 노릇이었을 것이다. 내 기억으로 그 당시에도 두세 마리 세트에 삼만 원인가 했으니.

그사이 어떻게든 집에서 해 먹을 궁리를 하기는 했다. 이른바, 생애 최초의 자취 생활인 셈이다. 느지막이 일어나 아침 겸 점심을 해 먹고 아직 사무기기, 서류 등이 남은 학원에 나가 이상이 없나 둘러보았다. 점심은 대개 건너뛰었다.

그러다가 어둑해지면 어김없이 제주시 방파제로 향했다. 제주도에 온 이후 거의 매일 찾는 곳이다. 난 늘 방파제 포장마차에 앉아 육지 쪽을 바라보며 멍게 안주에 제주도민 입맛에도 쓰다는 한일소주를 한 병 마셨다. 지금은 모두 정리되었지만, 당시만 해도 방파제에 포장마차가 많았다. 제일 싸고 만만한 안주는 멍게였다. 주머니 사정은 간당간당해도 파도처럼 밀려드는 좌절감을 맨정신으로 버텨 내기가 힘들었다. 타향살이는 고달프고 두고 온 터전은 더없이 그리웠다.

어쨌든 하루에 한 끼 정도는 뭐든 만들어 먹기는 했다.

"아주머니, 이거 어떻게 해서 먹는 거예요? 알려주시면 살게요."

시장에 가면 하는 말이 늘 그랬다. 요리책도 없고 주변에 아는 사람도 없으니 방법은 시장에 가서 묻는 수밖에. 물론 일러준다 해도 제대로 해낼 가능성이 거의 없기는 했다.

"손가락은 왜 그래?"

"아, 이거요? 칼질하다가 베었어요. 요리가 서툴러서요."

"칼질할 때는 왼손을 달걀 쥐듯이 감아서 칼질할 부분에 대야 베이지 않지."

칼질하는 법을 배운 것도 제주도 시장에서였다. 한 번은 배운 대로 갈칫국을 끓였다가 비린 맛에 학을 뗐다. 찌개를 한답시고 냄비를 홀라당 태워 먹은 적도 여러 번이다.

어설픈 자취 생활은 오래가지 못했다. 숙부가 내려오자마자 난 애초에 서울을 떠났을 때처럼 도망치다시피 제주도를 빠져나왔다.

학원이 망할 때만 해도, 어떻게든 제주도에 남아 일자리를 얻어 정착하고 싶었다. 서울로 돌아가 봐야 딱히 갈 데도 없었다. 대학원은 그만두었고 나이도 먹을 대로 먹어 어디 번듯한 취직자리 구할 형편도 아니었다. 제주도에서 다른 학원 자리라도 알아보면 되지 않을까? 어디든 내 한 몸 건사하지 못하겠어?

그런 내가 허겁지겁 도망친 데에는 그놈의 요리도 한몫을 단단히 했다. 정착하기도 전에 굶어 죽을 판이었으니 왜 아니겠는가.

그리고 수십 년 후 다시 주방에 들어갔을 때 깨달은 바도 그랬다.

내가 요리에 대해서 아는 거라곤 요리가 어렵다는 기억뿐이구나!

아내의 생일에 미역국을 끓인다

그러고 보니 주방에 들어오기 전 일 년에 한 번쯤 만들던 요리가 하나 있기는 하다. 바로 미역국이다. 초겨울, 아내의 생일 아침이면 난 무조건 미역국부터 끓인다. 그건 아내와의 약속이기도 하다.

신혼 시절, 난 박사 과정을 밟으며 지방 대학을 떠돌던 시간강사였다. 신혼 기분을 내기조차 쉽지 않은 신분이라는 뜻이다. 강의를 듣고 강의를 하다가도 조금 여유가 생기면 토플 시험 준비, 종합시험 준비, 논문 준비에 매달려야 했다. 하기야 여유가 있다고 해서 그다지 달라질 것도 없었다. 시간강사 벌이로는 뭐든 그럴듯한 생일 선물은 꿈도 꾸지 못했으니까. 강사법이 제정된 지금도 강사 신분이 열악하기 짝이 없는데 당시야 말해 무엇할까.

결혼 이 년째였던가? 포천의 어느 대학에서 강의를 끝내고 밤늦게 귀가하는데 그날이 마침 아내 생일이었다. 기억은 나지 않지만, 날짜도 깜빡했던 듯싶다. 그렇지 않았다면 작은 선물이라도 마련했을 텐데. 시외버스를 타고 청량리에 내렸는데 당시 전셋집이 있던 금호동까지 갈 차비를 제외하니 주머니엔 달랑 동전 한두 개만 남았다. 난 잠시 고민하다가 부스에서 백 원짜리 껌 한 통을 샀다.

"미안해, 가진 돈이 이것뿐이라. 생일 축하해."

결혼한 지 두 해. 아직 신혼인데 남편이 생일 축하한다며 선물로 껌 한 통을 내밀었으니 아내도 어이가 없었을 것이다. 아내는 껌을 받아 들고는 나를 잠시 바라보다가 이렇게 말했다.

"연애 시절도 아니니까 서로 선물 같은 건 하지 말아요. 우리 형편에 그것도 낭비야. 대신 내 생일 아침에 형이 미역국을 끓여줘요. 그럼 돼."

그 후 난 아내한테 한 번도 선물을 한 적이 없다. 생일 아침에 미역국을 빼먹은 적도 없다.

언젠가 SNS에 "남편이 끓인 미역국이 삼십 인분이 넘어요."라며 사진이 올라왔는데 문득 옛날 생각이 났다. 난 건미역이 그렇게 엄청나게 불어날 줄은 상상도 못 했다. 냄비가 넘치기에 다른 냄비를 꺼내 덜었는데 그것도 부족해 프라이팬까지 동원했으니 말이다.

한 번은 정신을 어디에 팔았는지 다시마 조각을 미역으로 착각하기도 했다. 아내가 왜 미역이 아니고 다시마냐고 묻고 나서야 실수를 깨달았는데 아내는 지금도 생일 때마다 그 일을 상에 올리며 나를 놀린다. 그러니까, 미역국을 끓여주지 못한 생일이 한 번은 있는 셈이다. 미역국이 아니라 다시맛국이었으니.

언제부터인가 아내의 미역국은 늘 황태 미역국이다. 지금은 아예 황태를 열 마리씩 쟁여놓고 산다. 소고기, 굴, 조개 등으로도 해봤지만 아내의 입맛에는 황태가 제일이란다. 그러고 보면 소고기 미역국은 애들 생일 말고는 해본 적이 없다. 아내는 설렁탕, 곰탕처럼 멀건 국물에 육고기 들어간 음식을 싫어한다. 굴 미역국은 시원하긴 한데 특유의 비린내가 마음에 걸린다고 했다.

미역국을 만들 때는 멸치국물을 낸다. 국물 멸치 이십여 마리와 고추씨 한두 스푼을 넣고 십오 분쯤 끓이다가 다시마를 넣고 오 분 정도 더 끓인다. 맹물로도 해보고 쌀뜨물도 써봤지만, 아내가 좋아하는 깊은 맛은 역시 멸치육수에서 나온다. 불린 미역을 넣고 바글바글 끓이다가 마늘 한 숟가

락에 후춧가루 약간 더하고 액젓이나 참치액으로 간을 하면 그만인지라, 평소에 만드는 음식에 비해서도 조리법은 아주 간단하다. 미역과 황태를 참기름에 볶지도 않는다. 아내가 그 맛을 싫어해 불린 미역과 황태채를 그냥 넣고 끓이는데 구수함은 덜 해도 맛은 훨씬 깔끔하다.

요컨대, 지금의 미역국은 오랜 세월, 실수와 실험을 거친 후에 완성한, 아내를 위한, 아내에 의한, 나만의 레시피인 셈이다.

내가 주방을 떠맡고 요리 실력이 늘면서 아내의 생일상도 더욱 화려해졌다. "오늘 저녁 메뉴는 뭐로 할까?" 하고 내가 물으면 아내보다 아이들이 더 신이 나서 대답한다. "뼈다귀 감자탕!" "오븐치킨!" "낙곱새!"

선물할 테니 뭐든 필요한 것을 말하라고 하면 아내는 생일상보다 더 좋은 생일 선물이 어디 있느냐며 딴소리한다.

누구에게나 삶의 변곡점이 있겠지만 내게는 처음 미역국을 끓이던 그날이 아닐까 싶다. 음식 솜씨가 좋아지고 미역국이 제맛을 찾아갈수록 아내의 웃음과 말수는 늘고 시름은 잦아들었다. 아내가 행복해하는 모습을 보는 일이 이렇게 기분 좋은 거로구나, 깨닫기 시작한 것도 그즈음이다.

날달걀비빔밥

살림하면서 절대 떨어뜨리지 않는 식재료가 달걀이다. 평소 밑반찬을 자주 해두는 편이라 그까짓 거 있어도 없어도 그만이건만 냉장고에서 달걀이 동난 적은 거의 없다. 당장 써먹을 일이 없어도 떨어질 만하면 채워 넣고 떨어질 만하면 채워 넣기 때문이다. 몇 해 전 달걀 파동에 삼십 개들이 한 판에 일만 삼천 원까지 오를 때도 난 달걀을 포기하지 못했다.

"달걀 사러 다녀올게요."

아내는 어이없다는 얼굴로 나를 쳐다본다. 아니, 집에 먹을 게 이렇게 많은데 달걀 사러 일부러 슈퍼에 가요?

집이 산꼭대기 빌라이기에 산 아래 슈퍼까지는 왕복 삼십 분 이상이 걸린다. 게다가 돌아오는 길은 왜 그렇게 길고 가

파른지. 그런데도 달걀이 떨어질 만하면 조바심이 나서 엉덩이가 들썩거린다.

"그냥, 산책 겸……."

아내의 타박에 괜스레 산책 핑계를 대고 만다.

달걀이 집에 있어서 나쁠 건 없다. 달걀만큼 값싸고 영양 좋은 식재료가 어디 있겠는가. 조리법도 무궁무진하고 시간 없을 때는 뚝딱 간단한 조리만으로도 훌륭한 반찬을 만들 수 있다. 프라이나 스크램블이면 한 끼 식사로도 무난하다.

급히 국물이 필요할 때면 난 어김없이 달걀탕을 만든다. 다싯물을 끓이다가, 마늘, 대파, 후추를 넣고 달걀을 풀어 넣어 간을 맞추면 그만이지만, 맛만은 그리 가볍지 않다. 뚝배기에 물과 새우젓, 달걀을 넣고 삼사 분 가열해 만든 달걀찜도, 대파를 다져 넣거나 명란을 넣은 달걀말이도, 요리법은 간단하면서도 누구나 좋아하는 메뉴가 틀림없다.

누구나 기억으로 찾는 맛이 있다.

내가 어렸을 때, 그러니까 1970년대 중반, 겨울날 조개탄(갈탄) 난로에 구워 먹던 도시락이 그럴 것 같다. 지금 기억으로 삼 교시쯤이면 난로 주변에 도시락을 쌓아두고는 점심시간 전까지 교대로 난로 위에 도시락을 올려놓고 데웠다. 양은 도시락엔 김치와 밥, 참기름이 들어있기에 교실 가득

고소한 냄새가 퍼지면 수업은 뒷전이고 머릿속엔 어서 점심 시간이 오기를 바라는 마음뿐이었다. 점심 종이 울리자마자 제 도시락을 찾아 숟가락으로 뒤섞으며 먹는 맛이란.

몇 해 전 가족들과 가평 남이섬에 갔을 때 어느 식당에선가 양은 도시락을 팔았다. 아내를 졸라 도시락 두 개를 주문해 나눠 먹었는데 솔직히 기억 속의 맛은 아니었다. 심지어 아이들은 맛없다며 옆 가게 소시지만 훔쳐보았다.

그러고 보니 싸구려 소시지 반찬도 있다. 분홍 소시지에 달걀옷을 입혀 기름에 부쳐냈는데 당시에는 그 반찬이 빈부를 나누는 척도에 가까웠다. 소시지 반찬을 싸 온 친구들은 있는 집안, 침만 흘리며 부러워하는 우리는 없는 집안.

오래전 몇 차례 커다란 분홍 소시지를 사 들고 오기는 했다. 그 옛날 밀가루 함량이 많은 싸구려가 아니라 꽤 고급 제품이건만 그 시절 친구한테 한 조각 얻어먹었을 때의 감흥은 돌아오지 않았다. 결국 더는 소시지에 눈길을 돌리지 않았는데 내가 그리워한 것은 추억이지 맛은 아니었나 보다.

그중 제일 기억나는 음식이 날달걀비빔밥이다. 비빔밥이라고 해봐야 그저 더운 밥 위에 날달걀 하나와 조선간장 한 수저 넣고 비벼 먹는 데 불과했다. 내 나이 다섯 살에 어머니가 집을 나간 후 어린 동생들을 돌보던 누이가 자주 해주던 음식이었다. 시골이라 다들 닭을 키웠기에 달걀 구하기가 그렇게 어렵지는 않았을 것이다. 프라이가 아니라 날달걀인 이유는 식용유든 돼지기름이든 어린 누나에게는 사기도 다루기도 만만치 않았지 싶다.

제주도에서 혼자 살면서 제일 많이 해 먹은 요리도 날달걀비빔밥이다. 요컨대, 날달걀비빔밥은 어린 내게 제일 값싸고 제일 손쉽게 만들어 맛나게 먹을 수 있는 최고의 먹거리였던 셈이다. 큰돈도 필요 없고 요리 솜씨도 필요 없다. 날달걀이기에 밥맛 없을 때조차 목 넘김이 좋다. 하기야 장돌뱅이처럼 홀로 떠돌던 시절이었으니 밥인들 제대로 넘어갔으랴.

어머니가 두 딸을 데리고 부산으로 떠난 후 당시 중학생이던 둘째 누나가 어린 남자 동생 셋을 챙겼다. 먹거리가 신통할 리가 없었다. 이웃집에서 얻어온 반찬, 산들에서 꺾어온 나물, 개울에서 잡은 물고기, 미꾸라지, 개구리, 메뚜기, 수확이 끝난 밭에서 이삭줍기해 온 감자와 고구마, 푸성귀들……. 우리 식단은 대충 그런 식이었다.

오래전 아내와 아이들한테 똑같이 해줬더니 느끼하고 끈적인다며 프라이로 해달란다. 아내는 심지어 배탈 나면 어쩌려고 날달걀을 먹느냐며 아직도 못마땅해한다. 아내가 제일 좋아하는 달걀 요리는 달걀찜이다. 다싯물에 달걀, 새우젓 간만으로도 맛이 고급지다며 늘 감탄한다.

"맛있는 음식에는 노동의 땀과 나누어 먹는 즐거움의 활기, 오래 살던 땅, 죽을 때까지 언제나 함께 사는 식구, 낯설고 이질적인 것과의 화해와 만남, 사랑하는 사람과 보낸 며칠, 그리고 가장 중요하게는 궁핍과 모자람이라는 조건이 들어 있으며, 그것이 맛의 기억을 최상으로 만든다."

황석영의 말이다.

날달걀비빔밥은 그러니까 내 "궁핍과 모자람"의 상징인 셈이다. 난 지금도 종종 날달걀비빔밥을 만들어 먹는다. 안 하는 요리는 있어도 못 하는 요리는 없다고 큰소리치는 요즘이지만 기억의 맛은 어느 산해진미보다 유혹이 강하다.

그 역시 양은 도시락이나 밀가루 소시지와 같은 기억의 맛이겠지만 차이가 있다면 날달걀비빔밥만큼은 당시의 맛을 그대로 돌려준다. 이 음식으로 소환해야 할 기억이 가난, 외로움밖에 없어서일까? 지금도 그때처럼 나 혼자만 먹어야 하는 음식이어서?

아내와 아이들이 싫어하는 게 어쩌면 다행이다 싶기도 하다. 그들에게 외롭고 가난한 기억이 없다는 뜻이니까.

기억의 조작

아주아주 오래전 일이다.

다섯 살? 아홉 살? 아니면 열두 살?

동두천? 서울? 부산?

오래된 기억은 모호하고 혼재된 기억은 어지럽기만 하다.

아직도 선명한 어린 날의 기억.

부스스 눈을 뜨는데 도마 두드리는 칼 소리가 들린다. 반쯤 눈을 뜨니 눈이 부시다. 창으로 아침 햇살이 비추는 모양이다. 난 그대로 이불 속에서 뭉그적거린다. 조금 더 잘까? 아니면 깰까? 보글보글 찌개 끓는 소리도 들린다. 누군가 아침 식사를 준비하고 있다. 된장찌개였을까? 아니면 김치찌개? 대파를 다지는 걸까? 도마소리는?

그런데, 누구였을까? 엄마? 누나? 아니면……

새엄마?

어느 맑은 날 이른 아침, 누군가 아침 식사를 준비하는 장면. 너무도 따뜻하고 정겨운 기억이건만 요즘 이 기억이 조작일지 모른다는 생각이 든다.

부모는 하루가 멀다고 싸움만 했다. 그러다가 내가 다섯 살 무렵, 어머님이 우릴 버리고 달아났다. 그 후 누나가 동생들을 챙겼다. 식사라 봐야, 이웃집에서 얻어온 반찬들이 대부분이었으리라.

그러다가 열다섯 살에 두 번째(세 번째?) 새엄마가 들어왔다. 난 학대를 견디다 못해 몇 개월 후 한 살 터울 동생을 데리고 영원히 집을 나가 혼자서 지방 공장을 전전하며 살았다. 그런데, 어떻게 저런 목가적인 풍경이 가능하겠는가.

그저 꿈이었을까?

외로움이 만들어낸?

새로운 날들

"띠롱, 띠롱, 띠롱."

새벽 세 시, 어김없이 핸드폰 알람이 울린다. 난 잠시 뭉그적대다가 주섬주섬 일어나 작업실로 건너간다. 작업실이라고 해봐야 제일 작은 방에 책상과 데스크탑 컴퓨터, 컴퓨터용 스피커, 커다란 책꽂이 하나가 전부다. 일하다가 피로하면 잠시 눈 붙일 야전침대도 하나 마련했다.

번역 일이라는 게 그렇다. 번역해야 할 원고, 컴퓨터 한 대, 그리고 번역가의 인내심만 장착하면 어디에서든 작업이 가능한 직업. 요즘엔 원고도 PDF 파일로 넘어오니 컴퓨터 한 대만 있으면 그만이다. 번역 초기에는 남은 방이 없어 식탁에 낡은 노트북 하나 놓고 일하기도 했다. 다른 번역가들은 따로 작업실을 두거나 카페, 도서관으로 출퇴근한다지만 아쉽게도 난 그럴 형편이 못 된다. 번역 말고도 집에서 할 일이 많기 때문이다.

살림을 맡은 후 많은 것이 바뀌었다.

무엇보다 생활 방식을 바꿀 필요가 있었다. 번역 일을 줄이고 그 시간에 집안일을 한다지만 때마침 밀려드는 번역 의뢰를 무조건 내칠 수도 없었다. 오만하게 굴다가 자칫 거래처를 놓칠 수 있기에 여기도 밀당이 필요하다. 새벽에 알람을 맞춰놓은 것도 그 때문이다. 살림과 번역을 겸하기엔 시간이 절대적으로 부족하다. 결국 잠자는 시간을 줄일 수밖에.

새벽 세 시, 나는 자리에서 일어나 다섯 시 오십 분까지 번역일을 한다. 여섯 시쯤엔 아내를 깨우는데 그때부터 한 시간 정도가 아침 준비 시간이다. 아내는 그동안 화장실을 다녀오고 출근 준비를 한다.

아내도 나도 아침을 꼭 챙겨 먹자는 주의여서 아침 손길은 늘 바쁘다. 아침 식사는 속이 부드러운 음식을 위주로 준비한다. 된장찌개, 미역국, 황탯국, 순두부찌개 같은 국, 찌개와 함께 대여섯 가지 반찬이 상 위에 오른다. 토스트나 빵, 과일, 샐러드를 위주로 아침 식사를 하는 집에 비해 식사 준비가 꽤 거한 편이다. 내 고집으로 국이나 찌개는 꼭 있어야 하고 반찬 한두 개는 새로 만든다.

오늘 아침 메뉴는 청국장찌개다. 나는 멸치와 다시마, 고추씨로 육수를 내고 다진 김치와 무, 호박, 두부 따위를 먼저 끓이다가 청국장을 잘라 넣는다. 된장찌개, 김치찌개와 마찬가지로 워낙 자주 오르는 메뉴라 이젠 눈을 감고도 만들 정도다.

무생채 나물도 만든다. 채칼로 무채를 만들어 십 분쯤 굵은 소금에 절였다가 꼭꼭 짜서 고춧가루, 매실청, 새우젓, 멸치액젓 등을 넣고 버무린다. 예전에는 절이지 않았으나, 물이 생기는 게 불만이라 요즘엔 절이는 방식을 좋아한다. 오도독거리는 식감도 맘에 들고 무엇보다 오래 두고 먹을 수 있다.

아내가 출근하고 나면 다시 작업실에 들어가 번역 작업을 한다. 이번에 맡은 책은 사회과학 서적이다. 여태껏 소설만 고집했는데 얼마 전 인연이 닿은 출판사의 의뢰를 거절하지 못해 몇 권을 받고 말았다. 사회과학, 인문과학은 취향에도 맞지 않지만 이젠 나이가 들어 번역 속도도 예전 같지 못하다. 그럴 리야 없겠지만, 혹시 출판사들이 어려운 책만 나한테 넘기는 것 아닌가? 이따금 의심이 들기도 한다. 어쩌면 은퇴할 때가 됐을지도 모르겠다. 아내한테 이야기해볼

까? 돈도 안 되는데 나이 들어 힘만 든다고? 번역서가 백 권이면 많이 했잖아?

번역 일은 대여섯 시경 끝이 난다. 이제부터 저녁 식사 준비를 해야 한다. 저녁 식단은 아침과 달리 조금 자극적인 메뉴가 주가 된다. 나도 반주 삼아 한잔 생각이 굴뚝같지만 온종일 밖에서 일하고 돌아온 아내한테도 뭔가 기분 전환이 될 먹거리가 필요하다는 생각에서다. 마침, 아이들도 집에 있기에 오전에 돼지 등뼈 2킬로그램을 사다가 찬물에 담가 놓은 터였다.

감자탕은 우리 집의 시그니처 음식이다. 가난했던 시절, 영양 보충을 위해 시작했던 요리이지만 다들 좋아해 지금껏 백 번 정도는 한 듯싶다. 압력솥에 최적화한 음식이라는 사실을 깨달은 후로는 노력도, 시간도 많이 절약할 수 있다.

핏물 뺀 등뼈를 한 번 삶아 씻어준 다음엔, 온갖 재료를 압력솥에 모두 넣어 삼십 분 정도 돌린다. 대형냄비로 하면 두 시간은 걸릴 일이 절반 이하로 줄어든 것이다. 압력솥의 압력이 빠지면 내용물을 다시 궁중 팬이나 냄비에 담아 들깻가루, 깻잎 등을 넣고 마무리로 조금 더 끓인다. 일명 뷁덱표 감자탕이 완성된다.

"엄마, 나 남친하고 헤어졌어. 그만 만나재."

"헐, 그놈이 눈이 삐었구나."

"누가 아니래? 나 같은 애가 어딨다구."

"잘 됐다, 얘. 세상에 쎄구쎈 게 남자 놈이야.'

"두고 봐. 이번엔 존잘남 만날 거야."

우리 집 저녁 식사는 시간이 길다. 가족들의 사사로운 수다도 한없이 이어지지만 나도 하루일과를 마치고 음식을 반주 삼아 술잔을 기울이는 이 시간이 좋다. 가족들은 역시 아빠표 감자탕이야. 감자탕집 하면 돈 벌 텐데 하면서 연신 등뼈와 우거지를 집어 간다.

이제는 익숙해진 광경이지만 가족들의 그런 모습을 보면 여전히 신기하기만 하다. 어릴 적 부모가 헤어진 이후 꿈속에서만 만나고 상상으로만 존재했던 가족의 모습이 실제로 눈 앞에 펼쳐진 것이다. 육수가 뭔지도 모르던 대한민국 중년 남자는 음식점을 해도 돈 벌겠다는 얘기를 들을 만큼 요리 솜씨가 좋아지고, 사네, 못 사네 하던 부부관계도 우주 제일의 잉꼬부부로 탈바꿈했다.

이십 년 전 아내의 부상을 외면하고 번역 일에만 충실했어도 이런 모습이 가능했을까? 그건 모르겠다. 오늘의 이런 풍경이 나보다 아내 덕분이었을 수도 있다. 늘 자신보다 가족을 먼저 생각하는 사람이니까. 그래도 그날의 선택이 오늘의 이런 장면에 적잖은 영향을 미쳤으리라는 것만은 틀림없다.

의외의 선택은 늘 의외의 결과를 낳는다. 난 이제 선택의 기적을 믿기로 한다.

오늘은 그 선택이 만들어준 새로운 날인 셈이다.

“내일 휴일인데 바빠요?”

“아니, 별로.”

번역 일이 바쁘지 않은 날은 거의 없다.

“잘됐다. 내일 나랑 강변 산책하러 가요. 요즘 살이 불어서 미치겠어.”

내일은 또 이렇게 새로운 날이 열린다.

남자들의 장 담그기

장을 담그기 시작한 지 벌써 칠팔 년이다. L이 지리산까지 내려가 명인의 장 담그는 법을 배워온 것이 계기가 되었다. 그 후 L의 건강이 여의찮은 데다 때마침 K가 은퇴 후 내려와 살겠다며 남양주 우리 동네 햇살 좋은 산기슭에 전원주택을 지은 터라 몇 해 전부터 자연스레 거점을 옮기게 되었다.

마실 가는 기분으로 참가하던 나와 달리, K는 몇 년간 스승 L의 일거수일투족을 눈여겨보며 기록했다. 그러더니 이렇게 독립해서 따로 모임을 만든 것이다.

음력 1월 27일, 장 담그는 날은 모처럼 하늘도 맑고 이른 봄답지 않게 따뜻했다. 옛날엔 말의 날(午) 아니면 손 없는 날로 정하거나 따로 날을 받았다는데 지금은 맑고 건조한

날이 최고다. K의 집에 도착했더니 이미 장독을 깨끗하게 씻어놓고 햇살 밝은 곳에 사십여 개의 메주를 늘어놓고 말려두었다. 모임은 모두 여덟 가구, 장난삼아 "된장구락부"라는 이름까지 붙였다. 부인들이 가끔 동행하기는 해도, 어쩌다 보니 부원들이 육십 대에 모두 (나를 빼고) 서울 남자들이다. 오늘은 코로나19 문제도 있는 터라 간잡이까지 포함해 네 가구만 모였다.

"물 40리터당 소금 7.5킬로그램이에요. 잘 저어서 녹여요."

"마른 나뭇가지 좀 주워 와요. 참숯을 좀 태워서 항아리 소독하게요."

장 담그는 일은 그리 어렵지 않다. 이미 K가 메주 장만부터 시작해 대개의 준비를 해두었기에 우리는 그저 소금을 녹이고 항아리를 소독하고 메주와 소금물을 장독에 넣으면 그만이다. 빨갛게 달군 숯을 항아리에 넣자 연기가 자욱이 피어오른다.

K가 꿀을 가져와 항아리마다 조금씩 짜 넣는다. 여태껏 없던 일이다.

"꿀은 왜 넣어요?"

"연기도 잘 나오고 꿀 때문에 장의 향기도 좋아진대요."

그 말에 나도 고개를 끄덕였다. 어차피 유산균이야 당분을 먹고 자란다고 하지 않던가. 메주와 소금물을 항아리에 넣자 K가 간잡이답게 숯과 건고추, 건대추를 추가하고 메주가 떠오르지 않게 대나무로 막아 마무리해준다.

메주와 소금은 우리 인간이 담그지만, 장을 만들어내는 것은 바람과 햇볕과 시간의 몫이다. 콩이 굳어 메주가 되고, 메주가 소금물을 머금어 된장, 간장이 될 때까지 우리는 기다리기만 하면 된다. 지방과 기온에 따라 장 가르기까지 40~60일.

"진달래가 흐드러지게 필 때쯤 장을 갈라요. 그때쯤 장꽃도 활짝 피겠죠."

장이 익어가면서 소금물 위에 흰 곰팡이가 피는데 그래야 장맛이 좋아진다. 그래서 곰팡이가 아니라 꽃이다. 장을 오래 담갔지만, 늘 장꽃이 피는 것은 아니기에 봄꽃만큼이나 그리운 존재이기도 하다.

장 담그기보다 어려운 일이 장 가르기다. 그릇을 깨끗이 소독하고, 장물을 섞어가며 메주를 치대 야무지게 장독에 담고, 깨끗한 천으로 간장을 거르는 작업 들이 재미있으면서 꽤나 되다. 손도 많이 필요하고 호흡도 잘 맞아야 하기에 그날은 구락부 멤버 전원이 참석하는 것을 원칙으로 한다.

이런 고된 일을 어떻게 여성들이 했을까? TV에서 보니 나이 많은 여성이 엄청나게 많은 항아리를 닦고 있던데 직접 해보니 그저 감탄만 할 일도 아닌 듯싶다.

일본식 양조간장과 된장이야 마트에 가면 쉽게 구할 수 있다. 그래도 잘 익은 토종 된장, 간장의 깊고 진한 맛을 대체할 수는 없다. 매년 거르지 않고 장을 담그는 이유다. 봄이 코앞이라지만 오늘만큼은 진달래꽃과 장꽃이 피어야 진정한 봄이라는 생각을 해본다. 벌써부터 그날이 그립다.

외조를 잘하시네요

"당신을 보면 정말 신기해. 어떻게 그렇게 살 수 있지? 나로서는 도무지 상상도 못 할 일이거든."

며칠 전 동갑내기 지인을 만났더니 그런 얘기를 한다. 요즘 내가 사는 모습 얘기다. 번역하고 글 쓰고 강의하는 일만으로도 어지간히 바쁠 텐데, 어떻게 삼시세끼를 차리고 어떻게 살림을 전담하고 그러면서도 어떻게 행복한 척하느냐는 얘기다.

"아내, 가족을 위해 정성껏 식사를 마련한다."

"아내, 가족이 편안하도록 집안 분위기를 유지한다."

"집안일 모두에서 아내를 해방시킨다."

"아내가 원하는 바는 뭐든 이루어주기 위해 노력한다."

"집에서 절대 공치사하거나 짜증을 내지 않는다." 등등,

오래전 기본 원칙을 정한 후 지금껏 지키려 애쓰는 일들이다. 몇 해 전 매체와 인터뷰를 하면서 삶의 목표가 뭐냐는 질문을 받았을 때도 내 대답은 "아내를 불행하지 않게 해주기"였다. 이십 년 전 살림을 떠맡을 때 결심한 바이기도 하다. 남은 삶은 저 사람 행복하게 해주는 데 바치겠다고.

그런 결심을 왜 하느냐고? 글쎄, 결심은 결심일 뿐이다. 결심에 이유가 어디 있겠는가. 자전거를 타고 세계 일주를 결심하듯, 잘나가는 물리학 교수직을 집어던지고 넌자섹스 파티라는 야릇한 그룹 활동을 하듯, 난 아내를 위해 남은 생을 살 것을 결심했을 뿐이다. 그렇지 않다고 해도 더 나은 결심을 했을 것 같지는 않다. 가난한 번역쟁이로 살면서 무슨 큰 부귀영화를 꿈꾼단 말인가.

이제는 습관처럼 굳어지기도 했다. 가족들도 달라진 삶에 만족해하는지라 별로 노력할 것도 없고 짜증 낼 일도 없다. 언제나 그렇듯, 시작이 어려울 뿐 일단 궤도에 오르면 삶은 자연스레 흘러가게 마련이다. 지금은 오히려 예전의 삶으로 돌아가는 게 더 어렵다.

따지고 보면 신기할 일도 특별할 일도 아니다. 그리 멀지 않은 과거에 우리 어머니들이 했으며 또 지금도 어느 정도는 아내들이 하는 일이다. 집안을 청결히 유지하고 남편이 귀가하면 웃는 얼굴로 맞이한다. 남자의 바깥일에 관심을 두지 않는다. 거안제미(擧案齊眉), 밥상을 눈썹 높이에 맞추어 공손히 남편에게 가져간다…… 내 또래의 남자, 여자라면 다들 귀에 박히도록 듣던 얘기들이 아닌가.

"외조를 잘하시네요."

칭찬인지, 아니면 사내자식이 왜 그러고 사느냐는 비아냥인지는 몰라도, 그 말을 들을 때마다 마음이 편치만은 않다. 여자가 가사를 돌보면 내조이고 남자가 하면 외조일까? 아내는 밖에서 일하고 내가 집에서 일하니 나 역시 "내조"가 아니겠는가? 외조를 잘한다는 칭찬(?)이 불만이어서가 아니라, 그 표현 역시 남자는 밖에서 일하고 여성은 안에서 일해야 한다는, 성역할에 대한 전통적인 편견이 반영된 결과라는 생각이 들어서다.

여성이 남성을 받들어 모시면 당연하고 자연스럽고 그 반대는 여전히 이해하기 어렵고 비정상적이다. 얼마 전 유정훈 변호사가 칼럼에서 그렇게 쓰기도 했다. 이제는 여필종부가 아니라 남성이 여성을 뒤따르는 것도 어색하지 않아야 한다고. 내 생각도 그렇다. 내가 살림을 하는 것은, 적어도 우리 집에서는 그 일이 당연하고 자연스럽기 때문이다.

내조든, 외조든, 누가 어떤 일을 하든, 자연스럽게 받아들

여야 건강한 사회일 것이다. 얼마 전 TV에서 본 장면도 그랬다. 한 여성이 밭일을 하다가 점심때가 되자 부랴부랴 짐을 추스르는 것이 아닌가. 남편 점심을 차려줘야 한다는 얘기였다. TV도 그 장면을 자연스럽게 촬영하고 있었다. 사실 웃픈 얘기지만 그리 드문 풍경도 아닐 것이다. 다만 아내가 밖에서 일하다가 남편 밥을 챙겨야 한다며 허겁지겁 달려가는 것보다, 집에 있는 남편이 밖에서 일하는 아내를 위해 식사를 준비하는 게 그렇게나 더 우습거나 이상한 일이어야 할까?

압력솥은 만능 요리기구

엄살을 떨기는 했지만 내 주방 적응기가 예상만큼 길거나 고되지는 않았다. 뒤늦게나마 천부적인 재능이나 취미를 발굴해서? 물론 아니다. 누구처럼 피 나는 훈련을 한 것도 아니다. 요리 학원에라도 다니고 싶은 마음이야 굴뚝 같았지만 내 수중엔 그럴 돈도 여유도 없었다.

새벽 세 시에 알람을 맞출 정도로 그 시절 일과는 시간과의 끝없는 줄다리기였다. 번역하랴, 요리하랴, 청소하랴, 애들 챙기랴. 조금만 게으름을 피워도 어느 하나는 어긋날 수밖에 없었다. 살림은 아내와의 약속이자 나와의 약속이기에 실패하고 싶지 않았다.

행여 눈에 띄게 요령을 부리거나 중도에 포기한다면 난 평생 아내의 얼굴을 보지 못하고 살 것이다. 어떻게 해서든 약속은 지켜야 했다.

당연한 얘기이지만 청소 및 허드렛일은 마지막 순위였다. 청소는 최대한 미루고 최대한 재빨리 해치우자. 당시의 내 좌우명이 그랬다. 어지간하면 그냥 살자. 다행히 도심에서 꽤 떨어진 곳이라 오염물질이 범람하는 경우는 드물었다.

최우선 순위는 번역 마감. 다행인지 불행인지 소설 번역가로 자리를 굳히던 참이라 번역 의뢰가 밀물처럼 밀려들기 시작했다. 말 그대로 미친 듯이 번역하던 시절이다.

일 년에 소설 번역만 열 권에서 열두 권, 난 대한민국에서 제일 손이 빠른 번역가로 이름을 올리기 시작했다. 좋게 말해서 손 빠른 번역가이지 "날림의 황제"가 따로 없었다. 번역으로 세상을 구한다거나 문화 발전에 기여한다 따위의 사명 의식은 애초에 있지도 않았다. 쥐꼬리보다 못한 번역료로 생계유지도 어려운데 사명은 무슨 개 풀 뜯어 먹는 헛소리란 말인가.

최대한 빨리 번역해 내보내고 다음 책을 번역한다. 번역과 관련된 한 난 기계와 다름없었다. 우습게도 밥하고 반찬하고 청소하기 시작하던 즈음이 번역을 가장 많이 하던 때이기도 했다.

궁하면 통한다고 하던가. 요리가 어렵고 시간이 부족하던 시절, 내 조리 기구는 주로 전기밥솥이었다. 전기밥솥에 다른 요리를 하면 냄새가 배고 쉬 망가질 우려도 있다지만 그런 걸 따질 계제가 아니었다. 지금이야 안 하는 요리는 있어도 못하는 건 없다고 큰소리치지만, 당시만 해도 뭔가 만들어보겠다고 냄비나 프라이팬을 잡으면 한두 시간이 후딱 지나고 말았다. 그러다가 마감은 어떻게 맞출 건데?

그래서 잔머리를 굴린답시고 생각해낸 요령이 전기밥솥이었다. 요리책을 펴고 재료를 준비해 몽땅 집어넣은 뒤 시간 맞춰 스위치만 누르면 그만이기 때문이다. 이렇게 하면 식사를 준비하는 동안에도 여유롭게 번역 작업을 할 수 있었다. 감자탕, 족발, 김치찜, 부대찌개 등, 집에서 하기 어렵다는 메뉴들부터 익숙해진 것도 그래서다. 그런 메뉴들은 어떻게 조리하든 (당시 내 솜씨로는) 맛에 큰 차이가 없었지만, 가족들은 특별요리라며 좋아했다.

어느 해인가 문득 가족들에게 제대로 밥상을 차려주고 싶다는 생각에 번역 일을 줄이고 주방 일을 늘리기 시작했다. 덕분에 여기까지 왔지만 그렇다고 압력솥을 떠난 것은 아니다.

지금이야 전기밥솥에서 아날로그 압력솥으로 바뀌기는 했지만, 압력을 활용해 맛과 효율을 높인다는 점에서는 크게 다르지 않다. 전기밥솥과 달리 압력솥은 고장 날 염려도 없고 냄새가 밸 우려도 없다. 잘만 활용한다면 효율도 맛도 훨씬 좋다.

가령 인덕션과 압력솥을 이용해 이삼 인분 밥을 한다고 해보자. 솥을 올리고 타이머를 칠팔 분에 맞춘 후 전원을 넣으면 끝이다.

전기밥솥은 전원 스위치를 누르고 “백미밥” 스위치까지 눌러야 하니 그만큼 손도 더 간다. 전기밥솥의 경우 취사 완료까지 삼십 분에서 삼십오 분 남짓 걸리니 에너지 효율을 고려한다 해도 압력솥이 전기료도 시간도 줄일 수 있다.

압력솥으로 우리 집의 시그니처 요리 감자탕을 만들어보자.

1. 돼지등뼈 1킬로그램을 찬물에 몇 시간 넣고 핏물을 뺀다(한 번 데친 후 씻으면 좋지만 생략해도 상관은 없다).

2. 우거지, 얼갈이, 배춧잎 따위를 두어 줌 마련한다.

3. 양념장을 만든다(고춧가루 4T, 마늘 2T, 간장 3T, 들깻가루 3T, 들기름(또는 참기름) 2T, 생강 약간, 후춧가루 약간).

이제 준비가 끝났다. 압력솥에 등뼈와 채소, 양념을 차례로 넣고 등뼈가 살짝 잠길 만큼 물을 추가한 뒤 인덕션 타이머를 삼십 분에 맞춘다. 타이머가 끝나면 불을 줄여 십 분 정도 뜸을 들이고 증기를 뺀 다음 상에 놓으면 그만이다(가스불이나 하이라이트도 별 차이는 없다).

조금 더 정성을 들인다면 궁중 팬에 내용물을 붓고 조금 더 끓이면서 대파, 깻잎, 청양고추 두어 개를 첨가한다. 그럼 정말 끝내주는 요리가 된다.

실제로 압력솥으로 할 수 있는 요리는 얼마든지 있다. 김치찜, 족발, 갈비찜, 코다리찜, 닭볶음탕, 심지어 팥죽까지……. 동영상을 찾아보면 온갖 요리법이 쉽고 자세하게 나와 있기도 하다.

당시 내게 전기밥솥은 구원의 손길이었던 셈이다. 전기밥솥이 아니었다면 어쩌면 아내와의 약속을 도중에 파기하거나 번역일을 그만두었을지도 모르겠다.

요리 얘기가 나오면 남자들은 대부분 "난 요리를 못해요." "요리에 취미가 없어요."라고 손사래를 치지만, 어디 여성들이라고 처음부터 요리를 잘해서 요리가 좋아서 부엌으로 내몰렸겠는가. 요리는 취미나 실력이 아니라 마음으로 하는 것이다.

쯔유를 만드는 이유

여름이다.

아내가 면 요리를 좋아하기에 내가 해보지 않은 메뉴는 거의 없을 정도다. 비빔국수, 멸치국수, 김치칼국수, 장칼국수, 짬뽕, 짜장면, 물회, 막국수, 들기름막국수, 우동……. 국수의 계절 여름이면 특히 온종일 밖에서 더위와 씨름하다가 귀가한 식구들이 냉국수 노래를 부른다.

"오늘 국수 해줄 수 있어요?"

"무슨 국수, 말만 해. 막국수, 메밀국수?"

먹고 싶으면 밖에 나가 사 먹으면 될 일이지만 퇴근한 아내가 다시 무더위를 뚫고 외출하는 것도 어렵고 먹고 싶을 때마다 외식하는 건 우리 형편으로 무리다. 아니 우리 집 가풍(?)과도 거리가 멀다. 아내가 늘 하는 말마따나, 만사형

통, 즉 만사가 형(나)을 통해 이루어져야 마땅하지 않겠는가.

"음, 냉모밀."

"오케이, 잠깐만 기다려요."

나는 국수 삶을 물을 끓여 놓고 쯔유와 고명 따위를 준비한다. 무를 강판에 갈고 김가루를 만들고 쪽파를 다져 연겨자와 함께 그릇에 담아 놓는다. 쯔유는 생수와 일 대 삼 비율로 희석한다.

메밀국수, 즉 냉모밀을 밖에서 사 먹자면 번거롭고 경제적으로 부담도 되지만 쯔유를 한 번 만들어놓으면 냉모밀 정도는 십 분이면 충분하다. 쯔유는 쓰임도 많지만 만들기도 어렵지 않다. 양파, 대파, 무 같은 채소를 석쇠 불에 구운 뒤, 표고버섯과 다시마 우린 물에 넣고 이십 분 정도 끓인다. 국물이 절반 정도로 쫄면, 간장, 설탕, 식초를 추가해 조금 더 끓이고 다랑어포를 넣다 빼면 끝이다. 조리법도 인터넷에서 쉽게 찾을 수 있고 음식점 찾아가는 노력과 시간이면 충분히 만들 수 있다. 게다가 한 번 만들어두면 열 번이고 스무 번이고 맛난 냉모밀을 즐기지 않는가.

코로나19 상황이 끝나면서 외식비가 천정부지로 치솟고 있다. 동네 갈비탕은 일 년 새에 사천 원이 올랐고 어느 식당에선가는 콩국수 한 그릇을 만 오천 원에 판다는 얘기도 들린다. 삼사천 원짜리 짜장면은 사라진 지 오래다. 세상 모든 물가가 오르는 판에 외식비라고 가만있으리라고 기대한 것은 아니지만 넉넉하지 못한 우리 서민 처지에선 갑갑한 노릇이 아닐 수 없다.

유명 맛집의 전문 요리사가 내는 맛을 집에서 재현하기란 불가능에 가깝다. 하지만 유명 맛집의 맛만이 맛이겠는가. 내가 집밥을 차리면서 깨달은 바가 있다면, "맛은 틀리지 않다. 다만 다를 뿐이다."라는 사실이다. 맛을 좌우하는 특성은 다양하다. 짜게 먹는 사람이 있고 싱겁게 먹는 사람이 있는가 하면, 식사하는 곳의 분위기, 음식의 차림새, 함께 먹는 사람들이 음식 맛을 좌우하기도 한다. 한식을 좋아하는 사람에게는 아무리 유명한 파스타, 피자도 된장찌개만 못하고 채식하는 사람이라면 소위 에이쁠쁠쁠 쇠고기도 상추 한 잎과 바꾸지 않을 것이다. 결국 제 입맛이 최고의 맛이라는 뜻이리라.

"사람들이 '엄마의 손맛, 엄마의 손맛' 하는데 도대체 엄마의 손맛이 뭡니까? 그게 다 미원 맛이에요." 언젠가 유명 요리사의 얘기를 듣고 실소하기도 했지만 어쩌면 우리가 좇는 이상적인 맛이라는 게 실제로 존재하지 않는 허상이라는 생각도 든다. 그런 점에서 미식가나 식도락가를 "맛을 잃어버린 사람들"이라고 정의한 황석영에게 고개를 끄덕이게 된다.

우리 가족이 맛집보다 내 음식을 찾는 이유도 내가 요리를 특별히 잘해서가 아니라 이십 년 동안 그들의 입맛에 맞춰주려 노력하고 그들도 내 음식에 익숙해진 덕이 더 클 것이다. 음식이 어찌 생계와 식도락만을 위한 도구이겠는가. 요리란 기본적으로 사람과 사람을 이어주는 도구다. 내가 주머니를 털어 맛집의 일류 요리를 사주면 가족은 셰프의 요리 솜씨에 감탄하겠지만 내가 집에서 음식을 해주면 내 정성과 사랑에 감복하고 감응한다. 나로서는 후자에 운명을 걸 수밖에 없다. 내 돈 내고 가족 입으로 셰프 칭찬 듣고 싶지는 않다.

"날도 더운데 콩국수 가능해요?"

물론이다. 서리태를 갈아서 콩국도 이미 만들어놓았다.

우리들의 오해

"나 정도면 와이프한테 잘해주는 거 아냐?"

내가 살림을 도맡아 한다는 얘기는 이제 친구들 사이에서도 유명하다. 오랜만에 만나 술 한잔하면 "도대체 무슨 죄를 지었기에 그렇게 사느냐?"에서 시작해, "잘했다. 불쌍한 여자들, 위해주면서 살아야지."까지 반응도 다양하다.

그러던 어느 날 한 놈이 얼큰하게 취하더니 자기 아내를 향해 불만을 늘어놓는다. "나 정도면 와이프한테 잘해주는 거 아냐?" 이것도 해줘, 저것도 해줘, 그런데 웬 불만이 그렇게 많은지 모르겠단다.

그놈은 억울할지 몰라도 내가 보기에 부부의 불화는 대부분 바로 이 지점에서 시작한다. 남편은 나름대로 아내에게 잘해준다고 생각할지 몰라도 결국 자기 처지에서 자기가 양보할 수 있는 것들만 양보하는 셈이다. 가령, 이런 식이다. 내가 매일 찜닭, 고추장삼겹살, 오븐구이 등 맛있는 음식을 해준다지만 정작 아내가 채식주의자라면? 그런데도 아내를 위한답시고 아내는 부엌에 들어가지도 못하게 하는 것이다.

82년생 김지영이 힘들어한 것도 남편 대현이 자상하지 않거나 능력이 부족해서가 아니다. 대사에도 나오듯 "그 정도면 아주 아주 괜찮은 남편"이다. 지영이 괴로운 이유는 여성에게는 결혼생활 자체가 "가부장제가 만들어놓은 감옥"이기 때문이다. 아니, 세상 자체가 여성들에게는 빠져나올 수 없는 감옥이다.

남성이 만들어놓은 체계에서 남성이 만든 규율과 언어를 따르고 남성의 취향에 따라 만들어진 옷을 입고, 178센티미터의 건장한 남성을 기준으로 만든 의자에 앉거나 지하철 손잡이를 잡고 남성 체질을 기준으로 양을 정해 처방한 약을 먹는다.

남성의 시각으로 보면 너무도 자연스럽고 당연한 세상이지만 여성들에게는 남자 옷을 입은 것처럼 불편하고 불쾌할 수밖에 없다. 그런데도 그 규율에 만족하지 못한다고 그 옷을 불편해한다고, 도대체 뭐가 문제인지 모르겠다는 식이 아닌가.

남성이 여성을 이해하기란 영원히 불가능하다. 교도관이 죄수를 위할 수는 있어도 함께 감옥 안에 들어가 죄수의 시선으로 세상을 바라볼 수는 없기 때문이다. 우리가 이해할 것은 여성의 마음이 아니라 세상이 여성들에게 편치 않다는 사실이 아닐까? 그 사실을 인정하지 않는다면, 친구 부부는 부부관계가 아니라 시혜자와 수혜자, 즉 군신 관계에 불과하다. 정말로 배우자에게 잘해주고 싶다면 상대가 동반자이자 똑같은 인간이라는 사실부터 다시 되새길 필요가 있다.

우리 관점에서 아무리 잘해준다 한들 남자의 입장일 뿐이다. 아무리 노력한들 배려 없는 사랑은 오만이자 폭력이다.

조리법은 없다

몇 해 전, 어느 매체에 요리 정기 칼럼을 실은 적이 있다. 일 년 육 개월간 매주 게재하면서 메뉴도 팔십여 종이 넘었으니 나름 꽤 큰 프로젝트였다. 사실 말이 요리 칼럼이지, 주로 중년 남자들이 집에서 쉽게 만들 수 있는 음식들이라 요리라 하기에도 민망한 수준이었다. 집에서 밥상이나 차리는 내가 요리를 하면 얼마나 하겠는가. 실제로 요리보다 가족, 텃밭, 잡담 등 가벼운 일상 이야기가 중심이기도 했다. 아무튼 마감일이 가까워지면 난 먼저 메뉴를 정하고 두어 번 연습한 다음 적합한 조리법을 선택했다. 그리고 재료, 조리 과정, 완성된 음식, 밥과 반찬 세트를 촬영해서 이야기 원고와 함께 편집부로 보냈다.

"그거 어떻게 만들어요? 레시피 좀 알려주세요."

요즘 주변에도 직접 도전하려는 중년 남자들이 늘고 있다. 예전 같으면 쭈뼛쭈뼛 눈치만 보던 사람들이 내 음식 포스팅을 보고 용기를 내기 시작한 것이다.

나처럼 삼시세끼는 아니더라도 난 남자가 가끔이라도 요리하는 게 매우 중요하다고 믿는다. 그래야 집밥의 가치를 알고 밥해주는 사람이 얼마나 고마운지 깨닫게 된다. 누군가를 위한 밥상에는 반드시 누군가의 헌신과 희생이 들어간다.

"간장 찜닭 어떻게 만들어요? 나도 한번 해보게요."

남자들이 물어오면 난 반가운 마음에 조리법을 자세히 설명해준다.

"조각 닭을 깨끗이 씻은 다음 초벌로 데쳐줘요. 데친 닭은 다시 찬물로 씻고, 물 두 컵, 간장 반 컵, 올리고당 반 컵, 청양고추 세 개에서 다섯 개, 당면은 한 시간 전에 미리 불려 놓고……."

사실 난 조리법을 믿지 않는다. 없는 것보다야 낫겠지만 자주 요리한다면 모를까 어쩌다 한 번 해볼 요량이면 맛을 내지 못하기가 십상이다. 그래도 해보겠다는 마음이 기특하지 않은가.

조리법은 말하자면 약도 같은 것이다. 정작 약도를 들고 나서보면 이 골목도 헷갈리고 저 길도 비슷해 보인다. 목적지에 도달하기가 쉽지 않다는 뜻이다. 조리법도 그렇다. 가정마다 조리도구가 다르고 양념 맛이 다르고 불의 강도도 다르다. 무엇보다 입맛이 다르다. 조리법이 아무리 훌륭하다 해도, 가족의 입맛에 어느 정도 가까워지려면 시행착오를 겪어야 한다. 요리 칼럼을 쓸 때 새롭게 시도하는 음식마다 두어 번 연습을 해본 것도 그 때문이다.

문제는, 한 번 해보고 제대로 안 되면 "난 역시 요리에 소질이 없어." "에이, 그럼 그렇지, 남자가 무슨 요리를 해."라고 지레 핑계를 대며 도망가는 경우다.

"저걸 배워서 나도 집에서 해봐야 하는데."

누군가 이런 식으로 볼멘소리를 하면 나도 한마디 해준다.

"요리는 배워서 하는 게 아니라 하면서 배우는 겁니다."

정말이다. 두 번 해본 건 할 만큼 한 것이 아니다. 직접 해보지 않으면 아무것도 배우지 못하고 실패해보지 않으면 아무것도 깨닫지 못한다.

요리만큼 전문적인 기술도 없다. 정작 부엌에 들어가 보면, 찌개만 해도 종류가 부지기수이고 메뉴마다 요리법도 천차만별이다. 하나하나 육수 종류가 다르고 재료 속성을 살펴 조리에 투여하는 시간이 다르고 계절마다 식재료 보관 방법도 다르다. 조리법만 보고 한 번에 멋진 음식을 만들어 내겠다고? 세상엔 훌륭한 요리책이 많지만, 하고자 하는 마음이 없으면 조리법은 그 어디에도 없다.

조리법보다 마음이 먼저다.

돈은 없지만 먹고는 싶어서

당면을 따뜻한 물에 삼십 분 정도 불린 다음 송송 썰고 식용유, 간장, 설탕을 조금씩 넣어 팬에 볶는다. 부추는 잘게 썰고 소고기와 생새우살도 다져 양념한 후 재료를 모두 섞어 놓으면 준비는 끝이 난다. 이제 준비한 유부에 속을 넣고 데친 실파나 부추로 입구를 묶어주면 겨울철의 별미 어묵탕에 들어갈 수제 유부주머니가 완성된다.

사실 글처럼 쉬운 일은 아니다. 소고기는 원육을 사용하느라 기름 정리부터 하는데 무딘 가정용 칼로는 정리도 다지기도 만만치가 않다. 재료 준비도 하나하나 손이 많이 가는 터라 유부주머니 오십 개를 만들면 한나절이 훌쩍 사라지고 만다. 번역 마감 앞두고 뭐 하는 짓인지, 원.

차라리 사 먹고 말지. 왜 고생을 사서 해요? 아내가 늘 하는 얘기가 그렇다. 내가 안쓰럽기에 하는 타박이지만 그러기엔 또 유부주머니 가격이 만만치가 않다. 형편이 넉넉하다면 몰라도 어묵탕이 생각날 때마다 주문하려니 아무래도 부담이 될 수밖에 없다. 결국 몇 해 전부터 만들기 시작했다. 소고기 500그램에 일만 원을 포함해, 오십 개 제작 비용이 이만 원 정도, 재료도 영양도 비교 못 할 정도로 좋지만, 가격은 이십 퍼센트 수준에 불과하다.

살림을 책임진 후 아내 도움 없이 번역, 원고 청탁 등의 수입만으로 꾸려오고 있다. 당연히 늘 빠듯하기만 해서 장을 보면 되도록 저렴한 식재료를 집거나 마감 세일 코너를 기웃거리기 일쑤다. 그래도 이따금 값비싼 재료에 눈이 갈 때가 있다. 예를 들어, 유부주머니에 들어갈 소고기가 그렇다. 돼지고기도 저렴한 뒷다리나 등뼈만 집어 오면서 웬 소고기? 그래도 먹고 싶은 걸 어떻게?

소고기 500그램을 기껏 일만 원으로 적은 데에는 이유가 있다. 실제로는 수입산도 보통 두세 배 가격이 붙어있다. 아무래도 주저할 수밖에 없다. 내가 선택한 방법은 원육이다. 수입 원육이 인터넷에서 3킬로그램에 사만 원 정도 한다. 낑낑거리며 기름을 정리하고 나면 500~700그램이 날아가지만 그래도 내 수고가 들어간 만큼 아주 저렴하게 고급 식재료를 손에 넣을 수 있다.

아내가 좋아하는 굴비도 그렇다. 시장에 가면 보통 20센티미터 크기의 참조기 열 마리에 삼만 원 정도 한다. 굴비는 당연히 더 비싸다. 이번에 구입한 참조기는 총 이백십육 마리였지만 가격은 팔만 구천 원에 불과했다. 단, 잡히는 대로 궤짝에 담아 도매로 넘기는 시스템이기에 내가 일일이 손질해야 한다. 거실 한가운데 자리 잡고 앉아, 한 마리 한 마리 지느러미와 내장을 제거하고 소금으로 절이고 나자 일고여덟 시간이 훌쩍 지나갔다. 그래도 아직 세척하고 건조하고 소분해 냉동하는 일이 남았다. 허리도 등짝도 무릎도 결려 바닥을 짚고 일어나는데 어구구 신음이 절로 나온다.

아내도 퇴근 후 그날만큼은 한소리를 하고 만다. 왜 그걸 혼자 해요? 작년에는 함께했잖아? 하지만 비위 약한 아내가 덤벼들기엔 일이 험해도 너무 험하다. 돈 없고 나이 먹으니 점점 쫌생이 영감이 되는 기분이지만, 어쩌랴, 돈은 없어도 먹고는 싶은 것을…….

아내에게 카톡으로 완성된 유부주머니 사진을 보냈더니 아내가 그런다.

"형만 고생해서 어떡해요. 나야 맛있게 먹으면 그만이지만, ㅎㅎ."

그럼 됐다. 아내가 맛있어만 해준다면. 부엌살림이 그런 것 아니겠는가. 가족들이 맛있게 살도록 해주는 것.

시래기는 위대하다

8월 중순, 무 파종을 할 때 망사 비닐로 이랑을 덮어준다. 새들이 어린싹을 좋아해 그렇지 않으면 얼마 못 가 무 싹은 동강동강 허리가 잘리고 만다. 무 파종은 김장 준비를 위해서다. 열흘 후면 배추 모종을 심고 약간의 주기를 띄고 쪽파, 갓 등을 심는다. 그래야 11월 중하순, 한 해의 이벤트인 김장을 할 수 있다.

내 욕심은 김장 무 자체보다 파릇파릇한 무청이 먼저다. 가을 추수를 하며 무청을 따로 잘라 베란다에 널어 말리면 귀한 식재료 시래기를 얻을 수 있다. 시래기는 최고의 식재료다. 무침, 찌개, 탕, 조림 어느 음식이든 시래기가 들어가면 맛은 장담할 수 있다. 나는 주로 해장국, 된장국, 감자탕 등에 사용한다. 멸치 다시 국물을 우려내 미리 밑간해 둔 시래기를 넣고 한 솥 푹 고아내면 속이 든든해지는 게 한겨울 혹한도 두렵지 않다.

시래기처럼 다루기 어려운 식재료도 많지 않다. 바짝 마른 시래기는 물에 두 시간 이상 담가 두었다가 한 시간을 푹 삶고도 물을 갈아주며 한나절 더 불리는데, 그러고도 시래기 특유의 껍질까지 벗겨야 부드러운 식감을 제대로 즐길 수 있다.

한국 음식은 대체로 이렇게 손이 많이 간다. 그 옛날 뭇 사내들의 밥, 반찬 투정을 잠재우기 위해 어머니들이 그만큼 피눈물을 흘렸다는 방증이겠지만 그렇다고 그렇게 만들어낸 맛을 인제 와서 포기하기도 쉽지는 않다.

겨울철의 별미 시래기밥을 지어보자. 먼저 밥물로 쓸 다시 육수를 만든다. 멸치육수도 좋고 그냥 다시마 한 조각을 밥 지을 때 넣어도 좋다. 시래기는 먹기 좋게 썰어 종지에 담아, 간장과 들기름(또는 참기름)으로 밑간을 해둔다. 그리고 압력솥에 안친 쌀에 시래기를 얹고 불 위에 올려 밥을 짓는다.

아직 할 일이 하나 남았다. 시래기밥에 쓸 양념장을 만들어야 한다. 시래기밥에는 달래장이 제격이다(노지 달래는 또 다듬기가 하세월이다!). 간장, 고춧가루, 매실청, 들기름, 다진 마늘, 통깨를 넣어 소스를 만들고, 잘 다듬어 다져놓은 달래를 넣어 섞으면 비빔장이 완성된다.

요리를 해보지 않은 남자들이 요리를 우습게 여긴다. 심지어 어디 맛집에서 고급 요리를 먹고 와서는 왜 그렇게 못 만드냐며 아내를 괴롭히는 남자도 있다고 들었다. 어느 맛이든, 맛을 내기 위해서는 그만큼의 노력과 시간과 희생이 들어가야 한다. 밥상을 차리는 일은 그런 일이다. 가족을 위해 끝없이 자신을 갈아 넣는 일. 찬이 맛이 없다고 타박하기 전에 그 음식을 만들기 위해 얼마나 많은 희생이 있었는지 먼저 살펴야 할 일이다.

우리 집 시래기밥은 파종, 재배, 수확, 건조, 그리고 불리기까지 지난한 세월과 노력을 함께 품고 있다. 내가 마다하지 않는 것은 그 일이 한없이 즐거워서가 아니라 시래기밥을 해주면 고마워하는 사람들이 있기 때문이다. 시래기밥이 위대하다는 사실을 아는 사람들이 있기 때문이다.

달래를 다듬으며

오늘은 아침 식사로 가지밥을 준비했다. 텃밭 가지 세 개를 뭉텅뭉텅 잘라 간장에 볶은 다음 불린 쌀과 함께 밥솥에 안친다. 가지밥에는 양념장이 중요하다. 대개 텃밭에서 부추를 끊어 오지만 오늘은 특별히 달래장을 만들었다. 달래 한 움큼을 다듬어 송송 썬 다음, 다진 마늘, 매실청, 고춧가루, 간장, 통깨, 그리고 들기름 한 방울과 섞어 비벼 먹으면 입 안 가득, 때아닌 봄 향기가 파도를 친다.

들에서 캐는 달래, 노지 달래는 장에서 파는 것보다 잘고 손도 많이 간다. 잡풀과 낙엽이 어지러운 들판에서 호미로 듬뿍 캐낸 뒤 대충 털어 담은 것들이다. 당연히 이물질과 흙이 잔뜩 엉겨 붙었다. 지난해만 해도 개천에 내려가 살살 흔들어 씻어낸 다음 집에 가져왔는데 올해는 그대로 봉지에 담았다. 씻어서 보관하면 금세 무른다고 누군가에게 들었기 때문인데 이것도 다 귀가 얇은 탓이다.

밥솥에 쌀을 안친 후 양념장을 만들 분량만큼 달래를 덜어와 물에 담갔다. 몇 번 흔들어 씻어낸 다음엔 하나하나 집어 꼼꼼하게 이물질, 뿌리껍질, 흙을 떼어낸다. 달래를 다듬는 일은 늘 하세월이다. 예전에는 그게 무서워 못 본 척 지나치기도 했으나 지금은 마음을 바꿨다. 노지 달래가 재배 달래보다 맛과 향이 뛰어나 포기도 쉽지 않지만 사실 달래를 다듬지 않는다고 달리 특별한 일을 할 것도 아니다. 먹기 위한 노동과 절차가 너무 많고 복잡하다가 아니라 자연이 선물해준 먹거리를 다듬는 행위 자체가 목적이자 의미가 된 것이다. 난 늘 그런 식이다. 사람들이 중요하다는 일은 나 몰라라 하고 기껏 들나물이나 다듬고 있다. 시쳇말로 "뭣이 중헌디" 격이다.

다들 달래를 좋아한다지만, 달래가 봄이 아니라 가을에도 올라온다는 사실을 아는 사람은 많지 않다. 가을이 무르익으면 봄나물 대부분이 새로이 들판을 장식한다. 냉이, 전호, 씀바귀…… 가을 나물은 살짝 데쳐 냉동해두면 채소가 귀한 겨울에 훌륭한 식재료가 되어준다. 그 바람에 이맘때면 아내와 나는 다시 봄이라도 맞은 듯 따사로운 햇살과 산들바람, 한

창때의 국화 향을 즐기며 나물 채집 놀이에 흠뻑 빠지고 만다. 행복은 이렇게 온몸으로 부딪쳐야 비로소 내 것이 된다.

가을 나물이 봄나물보다 맛과 향이 못하다는 소문은 거짓말이다. 우리가 잘못 아는 것은 또 있다. 계곡에 피거나 아파트 화단에 심어놓은 꽃이 산철쭉이고 오히려 산에 사는 철쭉이 철쭉이듯, 우리가 들에서 캐고 시장에서 사 먹는 달래는 산달래가 진짜 이름이다. 달래는 정작 산에 올라야 만날 수 있다.

도시를 떠나야 눈에 들어오는 것들이 있다. 자연이 빚어내는 식재료를 손에 넣으려면 계절의 호흡부터 알아야 한다. 3월, 냉이, 쑥, 전호를 시작으로 돌나물, 영아자, 두릅, 다래순, 홑잎나물……. 텃밭 농사를 시작하기도 전, 자연은 우리를 위해 미리 먹을 것을 준비해두건만, 이제 호박, 오이 등 텃밭을 거두는 시점이 되자 또 이렇게 아낌없이 자신의 몫을 나눠준다. 가난하면서도 하늘의 도를 지키는 삶을 안빈낙도라 한다지만 내가 보기엔 그것도 게으른 자의 합리화이거나 너희는 가난에 만족하며 살라는, 가진 자들의 감언이설에 불과하다. 자본에 빼앗기지 않는다면 들판의 삶은 가난할 수가 없다. 자연은 가난이 아니라 부지런한 자의 것이다. 우리는 마음만 너무 바쁘다.

중년 남성들에게 요리를 권하다

"나 요즘 요리 학원 다녀. 그것도 해보니까 재미있네."

얼마 전 선배가 수줍게 웃으며 고백한다. 젊은 시절부터 대학교수로 재직하다 이제 정년을 몇 년 남겨두지 않았는데 새삼스럽게 요리의 재미에 푹 빠졌단다. 맙소사, 평생 요리하고 담쌓고 살 사람 같았건만.

세상이 많이 변했다. 내가 가족들 식사를 전담하겠다고 나선 이천 년대 초만 해도 부엌은 여성의 전유물이고 남성은 그 근처에 가는 것도 금기처럼 여겼는데 요즘엔 TV에서도 주변에서도 요리하는 남성들을 어렵지 않게 볼 수 있다. 오십 대 중반의 C는 요리 학원에 다니는 모습을 자랑스럽게 SNS에 올리고, 사십 대 후반의 B는 매일 아침 아내와 아들을 위해 만든 음식을 공개한다.

나이 든 남자를 만날 때마다 요리를 배워두라고 권한다. 어제도 친구 하나가 세상을 떠났지만, 나이 예순이 넘으면 하루 앞을 장담할 수 없다. 가족 밥상을 책임지던 사람이 아프거나 어디론가 떠날 수도 있다.

음식점도 많고 밀키트도 크게 발달했다지만, 장담컨대, 평생 집밥에 익숙해진 노년의 미각이 외식만으로 만족할 리는 없다. 배우자가 몸이 불편하다면 그간의 노고에 보답할 수도 있다. 생각해보라. 아픈 아내를 위해 정성껏 죽을 끓여내는 남편은 아름답다.

요리는 노년의 취미생활로도 적격이다.

"신기해요. 어째서 남자들은 아무도 돌보지 않으면 생활이 한없이 엉망이 되는 걸까요."

얼마 전 SNS에서 본 글이다. 사실이다. 남자는 은퇴 후 집에서 천덕꾸러기 취급받기 쉽다. 별다른 소일거리 없이 빈둥거리다 보면 이상하게 몸도 쉽게 아프고 삶의 의욕도 떨어지고 만다. 예전에는 불쌍해 보였을지 몰라도 요즘엔 욕먹기 딱 좋다.

요리는 종합예술이다. 예를 들어, 간단하다는 감자조림을 해보자. 필러로 껍질을 벗기고 적당한 크기로 잘라 간장과 물엿을 넣고 조리면 그만이지만, 조금 경험이 쌓이면, 맛과 식감, 색감까지 챙기게 된다. 감자를 물에 담가 전분을 빼고 전자레인지에 삼 분에서 오 분 정도 돌리면 조리 시간도 줄고 식감도 좋아진다. 고추장을 조금 풀면 색이 예쁘고 불을 끄기 전 물엿을 보태면 윤기도 좋아진다. 그만큼 응용의 폭이 무궁무진하다는 얘기다. 격한 움직임 없이 머리를 많이 써야 하기에 당연히 치매 예방에도 효과가 크고 가족의 행복, 평화에도 이바지한다.

선배는 부인이 아픈 게 계기가 되었다. 뭐든 해주고 싶은데 할 줄 아는 요리가 없어 자신이 너무나 한심해 보였단다. 지금은 부인이 건강을 회복해 여전히 밥을 얻어먹지만, 이따금 학원에서 배운 요리를 해주면 가족들이 그렇게 좋아한다며 자랑스러워했다.

대학에서는 그가 선배였지만 요리만큼은 내가 한참 선배 아닌가. 나도 덩달아 신이 나서 훈수를 두기 시작했다.

"선배, 요리 학원 끝나면 동영상으로 해봐요. 집에서 가능한 요리가 무궁무진한데 그걸 다 학원에서 배울 수는 없죠. 인터넷 동영상엔 없는 요리가 없답니다. 초보에서 고급까지 난이도를 선택할 수도 있고요. 학원에서 배운 다음에 집에서 해주는 것도 좋지만, 먹고 싶은 음식, 먹고 싶어 하는 요리에 도전하는 것도 아주 재미있어요. 요리는 배워서 하는 게 아니라 하면서 배우는 겁니다."

가만히 앉아서 밥상을 받는 게 호강이자 미덕이던 시절은 지났다. 오히려 지금은 남자들도 자기 먹거리 하나 책임지지 못하면 멍청이 취급을 받는다. 세상이 변했다며 신세한탄을 하기 전에 자신이 그 세상에 얼마나 뒤처졌는지 먼저 돌아볼 일이다.

국화차 만들기

상강 즈음이면 산들에 국화가 한창이다. 몇 해 전 국야 농원의 지원으로 농막 경사지에 온갖 국화를 가득 식재(植栽)한 터라 이맘때면 주변이 국화 향으로 몸살을 앓는다. 벌과 나비도 신이 나 덩실덩실 춤을 추며 노닌다.

국화를 키우기 시작한 이후 매년 이맘때면 빠뜨리지 않고 하는 일이 바로 국화꽃을 따서 국화차를 만드는 것이다. 국화 잎도 사용은 가능하지만, 모양 때문에 되도록 꽃만 채취한다.

구절초, 감국, 산국, 쑥부쟁이류, 개미취 등, 가을 국화는 종류도 많지만, 국화차를 만드는 꽃은 주로 감국과 구절초다. 쑥부쟁이는 향이 덜 하고 한약재처럼 쓴맛이 있으며 산국도 쓴맛 때문에 차로 쓰려면 따로 방법을 취해야 한다. 농막 경사지에 심은 국화는 토종구절초, 감국 등을 개량했기에 흰색, 붉은색, 분홍색 등 색이 다양하고 향기도 더 진하다. 아내가 이곳 국화차를 좋아하는 이유다. 내가 매년 빼먹지 않고 국화차를 만드는 이유이기도 하다.

아내도 거들겠다고 나서 난 구절초를 따고 아내한테는 감국을 맡겼다.

"수정하기 전 아이들로 거둬요. 수정이 끝나면 아무래도 향도 모양도 빠지니까."

"그건 어떻게 아는데요?"

"수정이 끝나면 꽃잎에 붉은빛이 돌아요. 보면 알아."

국화차 만드는 일은 은근히 손이 많이 간다. 깨끗한 꽃을 하나씩 따서 식초 탄 물에 담가 남아 있을 벌레나 오물을 제거한 뒤 깨끗이 씻는다. 그리고 소금물에 살짝 쪄서 말리는데 꽃잎이 워낙 여린지라 하나하나 조심해서 다루어야 한다. 꽃송이를 하나씩 뜨거운 물에 살짝 담그기도 하고 철판이나 프라이팬에 덖기도 한다지만 그거야 차 제조를 업으로 하는 사람들 얘기이다. 나로서는 능력도 부족하나 사실 이 정도로 충분히 차 몫을 한다.

SNS에 국화차 사진을 올리고 국화차 만드는 방법을 적어 올렸더니 누군가가 "사 먹는 게 더 싸겠다."라며 시간 낭비라고 장난처럼 타박한다. 평생을 자본주의의 수동적 소비자로 살았다. 더 늦기 전에 돈이 아니라 내 몸과 손에 의지해 살고 싶었다. 직접 농사를 짓고 요리하고 장과 술을 담가 쓰려는 이유도 그래서다.

DIY(Do It Yourself)의 의미와 가치가 그런 것이 아닐까? 늘 돈으로 서비스와 재화를 구한다면 직접 경험할 기회는 사라지고 만다. 그리고 경험하지 않으면 어떤 일인지 결코 실체를 알지 못한다. 무언가를 "개념으로만" 아는 것과 "경험으로" 아는 것은 하늘과 땅만큼이나 차이가 크다. 무엇이든 직접 해봐야 자신과 타인을 이해하고 우리가 사는 삶과 환경을 이해할 수 있다고 믿는다.

편하고 편리하게만 살 것이냐 아니면 조금은 가난하고 불편해도 뭐든 깨달으며 살 것이냐가 꼭 선택의 문제만은 아니리라 믿어본다. 바깥세상에서 보기엔 궁색하고 궁핍해 보일지 몰라도 나로서는 이만큼 사치스러운 삶이 없다.

국화차의 백미는 바싹 말린 국화로 다시 차를 만들 때일 것이다. 섭씨 75도 정도의 따뜻한 물에 꽃송이 서너 개를 넣으면 차가 우러나며, 마치 겨울잠에서 깨어나 기지개를 켜듯 국화꽃이 다시 피어난다. 잔뜩 오므린 꽃잎을 활짝 펼치고 빛깔도 향도 생전의 화려함을 되찾는다. 보라, 저 가을 꽃송이들의 아름다운 부활을!

불온한 김장 노동

"올해도 김장해?"

"예, 해야죠."

"배추는 잘 자라?"

"작년보다는 낫습니다. 속도 꽤 찼어요."

"그래도 배추 좀 뽑아가. 우린 먹을 사람도 없어."

배추 오십 포기에 무, 알타리무까지 텃밭에 자라건만 그렇게 얻어온 배추가 또 오십 포기다. 얼치기 농군이 매년 배추 농사를 망치다 보니 동네 어르신이 보기에도 안쓰러웠던 모양이다. 평생 농사를 지은 분이라 튼실한 놈은 배추 한 개가 7킬로그램이 훌쩍 넘는다.

8월 하순이면 가평 텃밭에 무와 김장배추를 심는다. 다만 해가 많이 들지 않고 농약, 추비(追肥)도 크게 하지 않는 탓에 내 배추는 늘 수확이 신통치 못하다. 올해는 이웃 덕분에 배추를 추가로 구입할 필요가 없게 되었다. 텃밭이 있다고 해도 재주가 메주인 터라 이렇게 과외로 얻는 게 더 많다.

텃밭 놀이를 하다 보면 넉넉한 시골 인심을 만나는 일이 적지 않다. 옆 농장에서는 매년 복분자와 튼실한 밤을 얻어먹는다. 노는 땅이 있으니 텃밭 해보지 않겠느냐고 권유받기도 한다. 덕분에 집에서 먼 가평농장 말고도 지금 사는 빌라 뒤에 세 평 정도 따로 텃밭을 가꾸고 있다. 고구마 농사를 망치면 고구마 한 박스를 주고, 들깨 두어 됫박을 수확하자 들기름 짜보라며 기어이 한 말을 맞춰주기도 한다. 그런데 이렇게 김장거리까지 신세를 지고 마는 것이다.

김장철이 다가오자 '김포족' 얘기가 나온다. 김포에 사는 원시 종족이나 김포 어느 족발집 이름이 아니라 김장을 포기한 사람들 얘기다. 해마다 김장을 포기하는 사람이 늘어난다는 기사가, TV, 신문 매체를 통해 가을배추처럼 쏟아져 나온다.

'고된 노동과 스트레스가 걱정돼서'가 제일 큰 이유라는데 내가 보기엔 노동의 강도가 아니라 가치에 대한 이야기다. 현대 대한민국 사회에서 김장 노동은 반체제적이고 반동적이다. 백화점, 마트의 식품 판매대마다 신성한 노동으로 찍어내는 싱싱한 공장 김치가 종류별로 가득한 시대가 아닌가. 김장은 기업에게 휴식은 시민에게. 김치는 사 먹고, 남은 시간에 넷플릭스를 보거나 스타벅스에서 조각 케이크를 주문해 수다 떨기가 마땅하다. 체제에 순응하지 않는 노동은 불온하다.

우리는 텃밭에서 키운 배추에, 얻어온 배추까지 더해 이십오 년 전통의 일박 이일 김장 노동에 돌입한다. 텃밭 주차장에 널따랗게 비닐을 깔고 배추와 무를 쌓아놓는다. 제일 먼저 할 일은 배추를 갈라 소금에 절이고 무는 썰어 무채를 만드는 것이다. 배추는 한밤중에 한 번 뒤집어주어야 소금이 골고루 잘 밴다.

내가 김장을 고집하는 이유는 고된 노동을 좋아해서가 아니라 체제 부적응자이기 때문이다. 나 같은 중늙은이가 맞서기엔 자본의 시간은 너무도 숨 가쁘고 혹독하다. 텃밭, 김장은 내게 피난처와도 같다. 누구에게나 돌아가고 싶은 곳이 있다. 고향 집 툇마루, 부모의 품, 엄마의 손맛…… 돌아갈 고향도, 그리워할 부모도 없는 내겐 이곳이 그렇다. 자본의 거래 대신, 이웃이 내준 배추와 고구마와 들깨가 있는 곳, 시간이 묵은지처럼 느릿느릿 흐르는 곳(이상하게 공장 김치는 아무리 익어도 그 맛이 나지 않는다). 작은 상처를 덮어주는 작은 반창고 같은 곳. 부질없는 노동마저 가치가 되는 곳이다.

두 번째 날도 다행히 맑고 따뜻하다. 어젯밤, 절인 배추 속대쌈을 안주로 나눈 술 한잔도 정겹고 즐거웠다. 널따란 대야에 무채, 고춧가루, 홍갓, 미나리, 찹쌀죽 등을 넣고 각종 양념을 추가해 버무려서 김치에 넣을 속을 준비한다. 이제 절인 배추에 양념을 발라 김치 통에 담으면 불온한 노동도 끝이 난다.

늦은 단풍들이 가을 햇살에 어지럽게 흔들리는 텃밭 한 귀퉁이, 나는 양념 대야 옆에 자리를 잡고 앉아 절인 배추를 하나 집어 든다. 그리고 켜켜이 쌓인 배추속을 뒤집어가며 만만디 만만디, 양념에 가족들 수다까지 섞어 문대기 시작한다.

흰 눈과 김치찌개

큰 눈 내린 날 딸 손에 끌려 슈퍼로 향했다. 오래전부터 아빠표 김치찌개를 배우겠다며 졸랐는데 오늘 드디어 거사를 치르기로 한 것이다. 기껏 1~3센티미터 정도라던 강설량은 예고를 훌쩍 넘기고도 기세가 여전하다. 10센티미터 이상은 쌓여야 잦아들 모양이다. 딸은 김치찌개에 어울리는 날씨라며 좋아한다. 못 이기는 척 끌려 나오긴 했지만, 사실 얼큰한 김치찌개에 소주 한잔이 그립던 차였다.

"아빠, 딸이 데이트해주는 거 고마운 줄 알아. 어느 집 딸이 이렇게 착해?"

슈퍼까지 멀지 않은 거리 내내 딸의 수다가 이어졌다.

결혼 후 당연하다는 듯 여성이 부엌으로 내몰리는 관습도 마음에 들지 않고 부엌살림을 경제발전의 보조도구쯤으로 여기는 사회풍토도 마땅치 않아, 내 딸만큼은 그런 식의 편견, 불평등에서 자유롭기를 바란다. 그런데 언젠가부터 요리가 좋다고 유튜브를 뒤져가며 이것저것 만들어내곤 한다. 하고 싶다는데 취미까지 뭐랄 수는 없지 싶다.

슈퍼에서 사 온 것은 돼지 뒷다리살이다. 대부분 삼겹살, 목살을 찾는 탓에 가격이 앞다리살의 절반에도 미치지 못한다. 가난한 시절의 습관이기도 하지만 소문과 달리 맛도 썩 괜찮다. 그래서 제육볶음, 탕수육을 할 때도 우리 집은 늘 뒷다리살을 쓴다.

"왼손을 그렇게 하면 손 베이기 딱 좋다. 당근을 말아 쥐듯이 모양을 만들고 칼을 바짝 대는 게 좋아. 그래야 칼질할 때 힘도 덜 들고 다칠 염려도 없어."

이제 막 요리에 호기심이 생긴 터라 가르칠 일도 잔소리할 일도 산더미다.

"그냥 물이나 쌀뜨물을 써도 되지만 아빠는 멸치육수를 낸다. 아빠 맛의 비밀이야. 쌀뜨물은 받아두었다가 나중에 국물이 졸아들면 그때 쓰면 돼."

"뒷다리살은 비계 부위를 더 넣고 조금 더 얇게 써는 게 좋다. 아무래도 다른 부위보다 퍽퍽하니까."

"고춧가루 한 숟가락 정도 넣으면 맛도 칼칼하지만, 색이 좋아진다.”

아내가 MSG를 싫어하는 탓에 우리 집 음식은 손과 고민이 더 가는 편이다.

“엄마, 엄마, 아빠 김치찌개에 뭘 많이 넣는 줄 알았는데 그것도 아냐. 그냥 멸치육수에 김칫국물, 액젓 정도면 충분하대.”

가족이 함께 맛있는 음식을 먹으며 웃는 힘은 강하다.

웰빙, 힐링, 소확행 같이 겉만 번드르르한 말을 좋아하지는 않는다. 나만 잘 먹고 잘살기엔 세상의 어두운 구석은 더 어두워지고 있다. 소확행, 소소하면서도 확실한 행복보다 소소하지만 확실한 행동이 더 필요한 시대라는 말에도 동의한다. 요즘은 펜데믹으로, 국내 정치 문제로, 즐거운 일보다 슬프고 화나는 일이 많았던 것도 사실이다.

하지만 그럼에도, 아니 오히려 그렇기에 조금 더 크게 웃을 수 있으면 좋겠다. 이기적으로 보일지라도 이따금 세상사에서 물러 나와 나 자신과 가족을 위해 힘을 쓰면 좋겠다. 걸음을 늦추어 뒤를 돌아보라고 무거운 짐은 자기한테 떠넘기라고 소띠 해가 아니겠는가.

전염병 창궐에도 다행히 가족은 무사하고 딸은 자기가 생전 처음 만든 김치찌개라며 식구들에게 자랑하기 바쁘고 창

밖에는 눈이 펑펑 내린다.

다들 조금은 더 행복해도 된다고 흰 눈이 소복소복(小福小福) 쌓인다.

주방이라는 공간

딸이 취직해 독립한 지 몇 개월, 요즘은 직접 만든 음식들을 종종 SNS 가족 단체방에 올린다. 신입 사원의 박봉으로 매 끼니 사 먹는 것도 부담이지만, 평생을 아빠 밥에 익숙해진 탓에 식당 밥도 밀키트도 영 성에 차지 않아 직접 해 먹기로 했단다. 난 속으로 손뼉을 쳐주었다. 바쁜 회사 생활에 시간, 노력도 여력이 없다고 해도 자기 양식은 자기 손으로 만들 필요가 있다고 믿기 때문이다. 요리는 사람을 살리는 일이다. 나를 살리고 너를 살리고 사랑하는 사람을 살리는 일. 그 일을 생면 부지의 사람들에게 온전히 맡길 수만은 없는 노릇이다.

요리하지 않아도 되는 시대. 식당, 편의점, 밀키트 전문점…… 얼마든지 돈과 편의를 맞바꾸며 살 수 있지만 난 가

급적 재료 하나하나를 직접 가꾸고 직접 다듬어 요리한다. 된장, 고추장도 담가 쓰고 텃밭이나 산야에서 식재료를 구한다. 물론 사랑하는 사람들을 위해 만드는 음식이기 때문이다. 세상의 부엌 형태는 다양하지만, 그곳에 공통된 가치가 있다면 아마도 가족을 향한 사랑과 헌신이리라.

다만 내 딸에게도 나와 같은 삶을 선뜻 권하기는 어렵다. 옛 어머니들처럼, 통념에 따라 무조건 주방으로 내몰릴까 두렵기 때문이다. 누군가를 위한 헌신도 요리하는 공간도 중요하지만, 그 소중한 일이 누군가에겐 억압이 되고 족쇄가 된다. 그 공간을 관습이라는 이름으로 어느 한 사람, 특히 여성의 전유물로 강제한 탓이다.

이 사회는 여전히 살림을 자본주의 경제 활동에 필요한 보조 수단쯤으로 치부하고 있다. "경단녀" "부엌데기"라는 이름의 차별과 혐오도 우리의 의식, 무의식을 지배하고 있다. 그리고 그런 식의 인식이 부엌, 주방을 비천한 공간으로 만들고 가족을 위해 요리하는 사람들의 인권과 행복을 짓밟는다. 가정에서 음식을 차리는 일은 소중하지만 그 소중한 일을 하는 사람이 불행하다면 과연 무슨 의미가 있겠는가?

과거에는 요리하는 공간과 요리를 받는 공간은 철저히 분리되어 있었다. 부엌은 여성들이 음식을 만드는 곳 안방은 남성들이 밥상을 받는 곳이다. 남성은 절대 부엌에 들어가지 말아야 하며 심지어 여성들이 부엌 부뚜막에서 따로 식사하는 일도 적지 않았다. 세상이 바뀌어 부엌은 주방으로 바뀌고 생활 공간으로 편입되었건만 살림이라는 이름의 성 역할은 어김없이 자기 의지와 무관하게 여성들의 몫으로 떨어지고 만다.

난 이제 막 요리를 시작했다는 딸에게 조심스레 한마디 건네본다.

"얘야, 네가 후일 가정을 꾸린다 해도 절대 네 의지에 반하는 선택은 하지 않도록 해라. 사회적 통념은 후회를 부르고 후회는 사람들을 불행하게 만들 뿐이야. 네가 가족의 식사를 책임져야 한다면 네 의지로 선택하고 그 일을 소중하게 여기려무나. 어쨌든 주방에는 반드시 누군가의 헌신이 있단다.

타인이 그 일을 맡는다면 그에게 감사하는 마음을 절대로 잊지 말거라. 너를 건강하게 해주고 네가 원하는 일을 하게 해주고 네 삶을 지켜주는 분이니까. 언제 어디서 어떻게 살며 누구의 밥을 먹게 되든, 밥상뿐 아니라 그 상을 챙겨주는 사람의 마음까지 함께 받아야 한다."

괜찮아?

"괜찮아?"

"뭐가?"

"아무거나."

언제부턴가 우리 부부가 제일 많이 하는 대화가 이렇다. 아내가 느닷없이 괜찮냐고 물으면 난 거의 자동적으로 이렇게 되묻는다.

"뭐가?"

내 나이가 예순이 넘고 은퇴까지 하고 나니 여러 가지로 마음이 쓰이는 모양이다. 아픈 곳은 없나? 집에서 혼자 무료하지는 않나? 그래서일까? 툭하면 저렇게 물어본다.

"괜찮아?"

예전에는 아내의 걱정과 조바심이 지나치다는 생각도 했

다. 뭐가 저렇게 불안한 걸까? 나이에 비해 나도 건강한 축에 들지만, 우리 같이 평범한 가정에 무슨 큰일이 있겠는가. 게다가 우리나라 정도면 비교적 안전한 공간에 속하잖아? 저렇게 걱정이 많으면서 어찌 사노?

지금은 마음이 바뀌었다. 아내가 사는 공간과 내가 사는 공간이 같지 않다는 사실을 깨달으면서부터다.

아내를 비롯해 여성들이 늘 걱정하고 불안해하는 이유는, 걱정과 조바심이 천성이거나 좋아서가 아니라 그들이 사는 세상이 그만큼 위험하고 위태롭기 때문이다. 남성들이 만든 남성 중심 세계는 지금껏 여성들에게 불편과 희생을 강요하고 무자비하게 폭력을 행사하였다. 남자들에게야 한없이 안전한 공간이나 여성들은 그 반대로 그 안에서 신음하고 두려움에 떨 수밖에 없었다. 남성들이 세운 기준에 억지로 자신을 꿰맞춘 채 혹시나 있을 위협과 폭력에 조마조마하며 어두운 길 골목, 길목마다 두리번거려야 했다. 이 세상은 아내를 비롯한 여성들에게 끝도 없는 악몽이었으리라.

우리는 한 공간에 존재하나 그 성격은 천국과 지옥만큼이나 다르다. 결국 차별, 성추행, 폭력, 혐오 따위에 대한 두려움이 무의식 깊이 자리 잡고 자신도 모르게 불쑥불쑥 자신과 가족의 안전을 확인하고 나서는 것이다.

"여자들은 종족이 다른 것 같아. 전혀 이해를 못 하겠어."

남자들이 종종 하는 얘기다. 어쩌면 당연하겠다. 서로의 공간이 다른 한 우리는 동족이 될 수 없다. 교도관이 감옥 안의 재소자를 위할 수는 있어도 그 안에 들어가 재소자와 함께 재소자의 눈으로 세상을 보는 것은 영원히 불가능하다. 남성들이 자신의 관점으로 여성을 재단하려 드는 한, 그들에게 영원한 타자일 수밖에 없다.

내가 과거와 달라졌다면 아내를 이해하는 것이 아니라, 아내와 내가 다른 세상을 살아왔으며 여전히 그렇다는 사실을 깨달았다는 점이다. 더는 내 관점으로 아내를 이해하려 들지 않는다.

"구조적인 성차별"이 없다는 무지하고 무도한 시대다. 여성들의 세계도 더욱 위태로워졌다. 그런 징후는 이미 여기저기에서 나타나고 있다. 자유와 경쟁이 국가의 모토로 자리를 잡았다. 남녀의 임금 격차는 OECD 최고 수준으로 벌어지고, 여가부가 폐지되고 교과서에서 성평등이라는 단어가 사라진단다. 국가의 안전망은 사라지고 여성과 소수자 등 약자의 입지가 취약해지며 유리천장은 더욱 단단해질 것이다. 당연히 아내의 걱정과 조바심도 더욱 깊어질 것이다. 그간 역차별을 불평하던 남성들한테야 더 없이 신날 일이겠으나 여성들이야말로 바로 그들의 어머니고 아내이고 미래의 딸들이다.

우리가 우리 아내를, 딸들을 사랑한다면, 이 위험천만한 세상에서나마 그들이 조금이라도 더 안전하기를 바란다면, 이제부터라도 우리가 그들의 안부를 묻고 확인해야 한다.

"괜찮아?"

내 이름은 붉덱

"파주 상남자들 모여 한잔합시다."

오래전 SNS에 올라온 글이다. 상남자, 맙소사, 남성미가 물씬 넘치는 남자? 어딘가 고리타분한 냄새가 나는 단어다. 사나이, 터프가이, 나쁜 남자…… 한때는 남성적 매력을 뜻했겠지만, 그런 걸 매력으로 내세우기엔 세상이 크게 달라졌다. 그 사람도 웃자고 쓴 얘기인지라 슬그머니 장난기가 동해 나도 그 아래 이런 댓글을 달았다.

"상남자? 내가 상남자요. 상 차리는 남자."

마초의 상징으로 쓰이던 "상남자"를 정반대로 "주방에서 일하는 남자"로 만들어버린 것이다. 무심코 건 시비였지만 문득 그런 생각도 들었다. 그래, 내가 정말 상남자 아냐? 사랑하는 사람을 위해 온 힘을 기울여 매일매일 상을 차리니까.

그 농담을 발단으로 2015년에는 《상 차리는 남자? 상남자!》라는 책을 다섯 명의 상남자가 공저로 출판했다. 전문직 종사자 다섯 사람이 아내를 위해, 가족을 위해 밥상을 차리게 된 사연을 담은 수필집이다. 내 경우엔 아내에게 미안해서, 고마움에 보답하기 위해 내 발로 주방에 들어갔다.

상남자라는 별명을 "뷝덱"으로 바꾼 데에는 이유가 있다. 뷝덱, 내가 내게 지어준 별명이다. 뷝댁이 아니라 뷝덱, 뷝덱 조영학이다. 눈치를 챘겠지만 뷝덱은 부엌데기의 준말이다. 집에서 살림하는 여성을 낮잡아 부르는 명사를 살짝 비틀어 만든 것이다.

몇 해 전 과천 어느 책방에서 성평등 관련 강연을 한 적이 있다. 진행자와 대담을 나누는 방식의 작은 모임이었다. 진행자의 질문에 따라 왜 밥상을 차리게 되었는지, 주로 어떤 음식을 만드는지, 그래서 무엇이 달라졌는지 따위를 대답해 주었다. 대담은 무난하게 끝이 났다. 그런데 질의 시간에 한 중년 여성이 그런 말을 하는 것이다.

"남편과 아이들이 부엌데기라고 업신여겨요."

문득 부끄럽다는 생각부터 들었다. 사내가 오랫동안 밥상을 차렸다고 대견하다며 책도 쓰고 강연 의뢰도 받지만 사실 우리네 어머니들이, 아내들이 늘 하던 일이 아닌가. 남자가 집에서 요리하면 세상이 놀랄 일이고 여자가 가족을 위해 정성껏 상을 차리면 "집에서 밥이나 하는 여자" "부엌데기"라고 멸시하고 무시하고 만다.

집에서 가족을 위해 음식을 해본 사람은 안다. 흔히 집밥이라 부르는 하찮은 음식이 사실은 얼마나 다양하고 복잡하며 그 음식을 제대로 만들려면 얼마나 많은 노력과 고민과 전문 기술이 필요한지. 일류 요리사들이야, 전문 분야 몇 가지만 숙달하면 그만이지만, 집밥은 말 그대로 뫼비우스의 띠 같은 세상이다.

출판번역을 이십 년 붙들고, 야생화를 십오 년 이상 쫓아다니고, 텃밭 재배를 십 년 넘게 했지만, 집밥만큼 고급 기술이 필요한 일은 단연코 없었다. 게다가 집밥이야말로 사랑하는 사람들을 먹여 살리는 일이 아닌가. 그런데도 부엌일을 하찮게 여기고 "집에서 밥이나 하는 여자들" 운운하다니! 그러면서도 인기 좋은 요리사는 죄다 자기들 남자 차지다. 난 그 자리에서 그간 장난처럼 써 오던 붉덱을 내 별명이자 아호로 정해버렸다. 요컨대, 여자들이 하는 일은 천한 일, 남자들이 하는 일은 가치 있는 일이라는 식의 뿌리 깊은 편견에 반대한다는 의미다.

난 그분에게 이렇게 대답해주었다.

“제가 여기 나온 이유는 밥상 차리는 일이 자랑스러워서입니다. 사랑하는 사람을 위해 정성껏 음식을 만드는 일이잖습니까. 세상 그 어느 것보다 가치 있고 보람 있는 일이죠. 그건 남성이든 여성이든 마찬가지여야 합니다. 주눅 들지 말고 자랑스럽게 생각하세요. 그리고 그 일을 무시하는 사람들이 있다면 밥을 주지 마세요. 또다시 그런 말을 하면 상을 엎어버리세요.”

뷁덱, 이십 년을 아내와 가족을 위해 정성껏 밥상을 차리며 얻은 귀한 별명이다. 개폼만 잡는 남자가 상남자가 아니라 누군가를 위해 제 모든 것을 바칠 줄 아는 남자가 상남자여야 하듯, 부엌데기는 집에서 밥이나 하는 여자가 아니라 사랑하는 사람들을 위해 자신을 희생할 줄 아는 사람을 뜻한다. 누구도 함부로 업신여길 이름이 아니다.

밥상 너머에도 사람이 있다는 사실을 이놈의 사회는 언제쯤이나 깨달을까?

2장

리틀 포레스트

텃밭이 뭔데?

기록을 보니 2012년 3월 10일이다. 아내가 어디 가자며 나를 차에 태웠다. 아내 얘기로는 누군가 근처에 노는 땅이 있는데 함께 텃밭을 해보지 않겠느냐고 제안했다는 것이다. 텃밭? 그게 뭔데? 어떻게 하는 건데?

텃밭이라는 이름이야 들어봤지만 이름 말고는 아는 게 거의 없었다. 언제, 어떤 작물을 어떻게 심고 가꾸지? 퇴비를 준다면 어느 넓이에 얼마나 어떤 식으로? "밭을 간다"는 말은 들었지만 나이 들어서는 가는 과정을 본 적도 들은 적도 없었다. 아무튼 호기심은 있었다. 시골에 내려오니 이런 기회도 생기는구나.

밭은 자동차로 이십 분 거리였다. 도로변에서 살짝 들어간 곳이고 밭 뒤로는 낮은 산이었다. 산기슭을 깎은 터라 삼

각형 모양의 밭은 살짝 경사가 있었다. 밭 주인 말로는 이백 평 정도 되는데 그중 일부는 오가피나무를 잔뜩 심어 놓았다.

"땅은 넓으니까 얼마든지 쓰셔도 돼요. 여기부터는 제가 사용할게요."

그렇다 해도 길게 대여섯 이랑은 나올 정도의 넓이였다. 이십 평쯤?

"뭘 심으면 되죠?"

"아직은 좀 이르고요. 4월 말쯤 고구마, 호박, 오이, 고추, 쌈채소 정도 심으면 될 거예요. 퇴비는 제가 사둘 테니까 나중에 정산하기로 해요."

밭 주인은 밭 만드는 방법도 설명해주었다. 이랑과 고랑을 만들고 퇴비를 주고 비닐 멀칭을 하고 등등…….

나는 그렇게 텃밭 농사를 시작했다. 그리고 당연하다는 듯 그해 농사는 엉망이었다. 고구마 한 다발, 고추 육십 수, 호박, 오이, 가지 들도 열 주 정도. 그때는 몰랐다. 땅이, 식물이 얼마나 많이, 얼마나 아낌없이 내어주는지. 우리 가족이 한 계절 먹을 양이면 고추, 호박, 오이, 가지, 잎들깨, 토마토 등등 한두 주 정도면 충분하다. 그런데 고추 육십 주, 호박 열 주…… 이런 식이었으니 넘쳐나는 수확량을 주체하지 못해 나중에는 아예 텃밭에 가기가 무서워지기까지 했다.

농사는 수확이 문제가 아니라 처리가 70퍼센트라는 말이 있다. 예를 들어, 고추를 수확하면 정리해서 말리든, 얼리든, 요리하든, 아니면 주변에 나눠주든 해야 하는데 나도 한창 번역일이 많았던 때라 시간도 대책도 없었다.

밀식도 문제였다. 이익의 ≪성호사설≫에 "疎者充廪 密則充場(소자충름 밀즉충장)"이라는 말이 있다. "듬성듬성 심으면 창고를 채우고 촘촘하게 심으면 마당을 채운다." 즉, 작물과 작물 사이가 넉넉하면 작물이 잘 자라 창고에 들어가지만 너무 좁으면 마당의 쓰레기가 된다는 것이다.

맙소사, 그 자그마한 고추 모종이 그렇게 키가 클 줄은 누가 알았겠는가! 기껏 20~30센티미터 정도 자라고 말겠지 했는데 금세 키가 1미터 이상에 가지도 엄청나게 많이 뻗지 않는가. 밀식(密植)하면 질병도 더 빨리 전파된다. 농약을 쓰지 않기로 했으니(천연 농약을 시도한 건 한참 후의 일이다) 당연하다는 듯 머지않아 진딧물이 번지고 말았다.

그렇게 된 데에는 밭 주인의 잘못도 있었다. 나야 완전 초보이니 경험자를 따라 하거나 조언을 들었을 것이다. 역시 나중에 안 사실이지만 그 양반도 농사는 그해가 처음이었다. 시골에 살다 보니 이것저것 듣고 본 것이 나보다 많기는 했지만, 실제로 작물 재배에 들어가니 별로 도움이 못 되는 수준이었다. 누군가 지금의 나한테 조언을 구한다면 밭의 크기와 용도에 따라 작물 종류와 양을 결정해줄 것이다. 밭 주인은 그 후 일 년인가 그 땅을 붙들고 있다가 텃밭 농사를 포기하고 말았다.

비록 첫해 농사는 총체적 난국이었지만 난 텃밭 놀이에 푹 빠졌다. 평생 첫 경험이라서일까? 종묘상에 가서 씨와 모종을 구입하고 밭을 고르며 이랑을 만들고 씨를 뿌리고 모종을 심고 잡초와 싸우고 수확하는 과정 모두가 흥미롭고 신비롭기만 했다. 가장 신비로운 순간은 씨를 뿌리고 나서 한두 주 후에 새싹이 나올 때였다. 어린 생명체는 누구나, 무엇이나 예쁘다고 했던가? 파종한 자리마다 꼬물꼬물 올라온 떡잎 한 쌍은 마치 갓난아기의 두 발을 모아놓은 듯 앙증맞기가 그지없다. 그 새싹을 보기 위해서라도 텃밭을 포기하고 싶지 않았다.

그리고 이듬해, 집 앞 텃밭 농장에서 이십 평을 빌려 본격적으로 텃밭 가꾸기에 나섰다.

도시농부가 되다

농림축산식품부 자료에 따르면 2023년 전국의 텃밭 면적은 일천 헥타르(서울은 이백이십 헥타르), 도시농업 참여자 수는 이백만 명에 달한다. 2010년에 비하면, 불과 십 년 만에 텃밭 면적과 도시농부가 약 열 배 이상 증가했다. 정부에서도 도시농업, 텃밭 활용의 순기능을 장려하기 위해 여러 가지 정책을 수립 중이다. 애초 목표는 2022년까지 텃밭 면적은 이천 헥타르, 도시농부는 사백만 명이었지만 도중에 코로나19 팬데믹 사태와 정권교체로 답보 중인 모양이다.

도시농업이 기존 농업에 영향을 주지 않느냐는 우려도 있지만 그야말로 기우에 불과하다고 한다. 텃밭의 재배작물 대부분이 채소에 집중되어 있고 친환경 등의 이유로 수확량도 적다. 결국 수확량은 전국 농작물의 0.23퍼센트 수준에 불과하다. 오히려, 도시농업 참여자들이 우리 농산물 구매욕이 더 크며, 그 밖에도 고용 창출, 에너지 절감 등 다양한 산업경제 효과가 있다고 한다.

텃밭을 하기 전에는 몰랐지만, 주말이나 틈새 시간을 이용해 직접 밭에 나가 운동 겸 휴식을 즐기는 사람들이 꽤 많다. 요즘엔 건물 옥상에 텃밭 상자를 두고 직장인들에게 작물을 재배하게 하는 회사도 적지 않다고 한다. 내가 보기엔 좋은 일이다. 나도 몇 년 전 SNS상에서 텃밭 하는 사람들과 만나 지금도 주기적으로 농사 정보와 에피소드도 얘기하고 씨앗도 나누고 있다.

꾸준히 텃밭을 하는 사람들은 어딘가 차분하고 안정적인 매력이 있다. 밭을 갈고 씨앗을 뿌리거나 모종을 심고, 잡초를 제거하고 수확하기까지 늘 기다리는 마음이기도 하지만, 땅을 밟고 흙을 만지는 행위 자체가 심리적 안정감을 준다.

텃밭 초심자라면 혼자 시작하기보다 텃밭을 조금 분양받아 주변의 조언과 도움을 구하는 편이 좋다. 그렇지 않으면 나처럼 불필요한 시행착오를 겪을 수밖에 없다. 지자체에 따라 도시농업지도사가 있어 특별히 지도를 받기도 하지만, 그렇지 않다고 해도 텃밭을 오래 해본 사람이나 농촌 출신 이웃에게 작물 재배를 비롯해 여러 가지 도움을 구할 수 있을 것이다.

직접 농장을 운영하며 소규모 분양을 하는 지자체 단체도 있지만 분양받기가 쉽지는 않다. 결국 대부분은 텃밭 분양 사업자에게 분양을 받아야 하는데 서울의 경우는 2023년 기준으로 두 평에서 다섯 평에 십만 원에서 삼십만 원(연 단위) 정도로 알고 있다. 텃밭 분양가는 분양 주체에 따라 천차만별이다.

어느 지자체에서는 고령, 다둥이, 다문화 가정을 대상으로 두 평씩 만 원 혹은 이만 원가량에 분양하고 가평의 어느 농원은 열 평에 이십만 원이라는 고급화 전략을 택하기도 한다. 지방치고는 고액이지만 대신 캠핑장을 무료로 개방하여 도시농업인들이 하루 바비큐를 즐기며 묵어갈 수 있게 하였다.

십 년 전인 2013년에 내가 분양받은 곳은 서울이나 농원이 아니라 분양비가 저렴했다. 스무 평에 오만 원, 밭 주인이 경작하고 남는 공간을 놀리기 아까워 돈 받고 빌려주는 식이었다. 내가 관리하기엔 다섯 평 정도가 적당하지만, 불행하게도(?) 최저 분양 면적이 스무 평이라 선택의 여지는 없었다. 주인 말로는 사람이 많으면 자기가 힘들어진다는 이유였는데, 심지어 이 년 후에는 십만 원에 마흔 평으로 올리는 만행(?)을 저지르기까지 했다.

분양 가격이 저렴한 대신 전문 분양 업체에 비해 불편한 점도 많았다. 가장 곤란한 게 급수시설이었다. 수도도 지하수도 없는 탓에 가뭄이 심할 때는 집에서 물을 실어 가거나 인근 계곡물을 퍼 날라야 했다. 이제 와서 조언하자면 텃밭을 하려면 물은 반드시 확인해야 한다. 아니면 고생도 그런 고생이 없다. 서울 인근의 텃밭에서는 분양주가 일부러 바비큐 파티를 주선해 도시농업인들의 친목을 유도한다지만 이곳은 그런 풍류와도 거리가 멀었다. 무엇보다 텃밭이 넓은 탓에 화목이고 친목이고 여유를 부릴 겨를이 없었다. 좋은 점이라면 집에서 아주 가까웠다. 바로 옆이라 걸어서도 오 분, 첫해에는 자동차로 이십 분을 달려야 했지만 이젠 틈만 나면 들락거릴 수 있게 된 것이다.

공동텃밭을 분양받으면 주인이 경운기로 밭을 갈아 대충 이랑과 고랑을 만들어준다. 이를 "로터리를 친다."라고 표현하는데 밭 주인 처지에서는 자기 밭 가는 김에 분양 텃밭까지 서비스를 해주는 셈이었다. 다만 넓은 밭이라면 모를까 소규모 텃밭이라면 직접 삽으로 흙을 퍼내고 손으로 돌을 골라도 좋을 법하다. 몸은 조금 더 힘들지만, 흙을 만지겠다고 텃밭을 하면서 편하기를 바라는 것도 우스운 일이 아닌가.

자, 마침내 집 근처에 텃밭을 마련했다. 첫해의 실패를 뒤로 하고 이제부터는 그럴듯하게 수확해볼 작정이다. 그런데 과연 그렇게 쉽게 될까? 농사를 너무 우습게 생각하는 것 아냐?

농사는 어려워

“뭘 많이 먹겠다고 그렇게 촘촘하게 심어?”

“뭐가 그리 바쁘기에 일주일에 코빼기 한 번 보이는 거야?”

“그렇게 해서 잡초가 죽어? 애초에 확실하게 해야지. 안 그러면 다 그냥 살아 나.”

“가지는 왜 그렇게 클 때까지 냅둬? 내다 팔 거야? 먹을 거면 작을 때 따먹어.”

나보다 열 살 정도 많아 보였던 밭주인이 했던 말이다. 키가 작고 머리는 벗겨졌으며 농사꾼답게 체격이 다부졌다. 사투리를 거의 쓰지 않는 것으로 보아 이 고장 출신이거나 기껏해야 경기도를 벗어나지 않을 것이다.

“내 땅도 아냐. 나도 빌려서 농사를 짓다가 힘에 부쳐 이러고 있지만 사람 많으면 골치 아파."

내가 왜 다섯 평이 아니라 스무 평씩 분양하느냐고 물으니 퉁명스럽게 내뱉었다(삼 년째는 아예 마흔 평씩 분양했다). 들은 바로는 텃밭 분양 업체들은 고객을 유치하기 위해 바비큐 파티 같은 이벤트도 마련하고 때로는 텃밭 손질도 대신해준다던데 이 양반한테 그런 걸 기대하기는 애초부터 무리일 듯싶었다. 심지어 농사지을 급수원도 없었다. 이른 봄, 구획을 정해주고 로타리를 쳐주는 것만으로 만족해야 했다. 그래도 스무 평에 오만 원이 아닌가. 서울은 다섯 평에 이십만 원이라고 하던데.

자기 땅이 아니라고 했으니 밭 주인이 아니라 마름이 정확한 이름이겠다. 지주 대신 땅을 관리하는 사람들을 옛부터 마름이라 했으니 말이다. 그러니까 마름은 (돈을 지불했든 아니든) 남의 땅을 농사지으며 관리하다가 텃밭 분양을 시작했는데 돈에도 별로 욕심은 없고 사람들이 북적거리는 것도 싫었다. 그런데 나 같은 무지렁이가 나타나 농사를 해보겠다고 설쳐대니 얼마나 한심하고 가소롭겠는가. 말투가 저런 것도 당연하겠다.

그래도 덕분에 농사를 배울 수는 있었다. 마름이 분양 면적을 터무니없이 넓게 잡는 바람에 같은 공간에서 텃밭 하는 사람은 대여섯 명에 불과했다. 나로서는 이틀이나 사흘만에 한 번 나와 한두 시간 일하는 터라 그 사람들과 만나는 것도 하늘의 별 따기였다. 스무 평이면 퇴비를 얼마나 해야 하고 고추 모종은 어느 정도 간격으로 심고 고구마 줄기는 어떻게 심는지, 그나마 마름이 대부분 나와 있는 덕분에 야단도 맞고 물어볼 수도 있었다.

"지금 뭐 만드는 거야?"

"예? 호박, 오이 덩굴 타고 가라고 지지대 세워요."

"이런 제길, 호박 처음 키워 봐?"

"예, 작년에 해보기는 했는데 진드기 때문에 금방 접었어요."

"그거 하나 연결해서 어디에다 써먹게? 두 개 묶어 세워도 모자라. 다시 해."

"지금 물 주려고?"

"예, 가물어서 큰일이에요."

"물 주려면 일찍 나오든가 해 저물고 난 다음 해야지. 해가 이렇게 뜨거운데 다 태워죽일 일 있어? 그리고 물은 줄 때 확실해야지 그렇게 주려면 아예 그만두는 게 낫다."

맞는 얘기다. 한창 가물 때는 뿌리를 적실 때까지 급수해야 한다. 해가 뜨거울 때 애매하게 물을 주면 작물을 데친

듯한 효과가 나서 고사할 수도 있다는 것이다. 그것도 모르고 기껏 분무기로 잎을 적시는 식으로 물을 뿌렸으니 마름이 아니라 누가 보아도 정말 한심했을 법하다.

그렇게 그곳에서 삼 년을 꼬박 텃밭을 가꿨다. 그러는 동안, 고추, 토마토, 가지 등 지주대를 세우는 방법도 배우고 이런저런 작물의 순 지르는 법도 배우고 어떤 작물을 얼마나 심어야 우리 가족한테 남지도 모자라지도 않는지 깨달을 수 있었다.

처음 부엌일을 시작할 때도 그랬지만 농사 역시 굉장히 섬세하고 정교한 기술을 필요로 하는 일이다. 작물마다 심고 거두는 시기와 요령이 다르고, 비료의 종류와 살포 양이 다르다. 감자는 햇볕에 말리면 솔라닌이라는 독성이 생기지만 고구마는 햇볕에 말려야 보관과 저장이 쉽다. 호박은 한두 개 줄기를 키워야 수확이 좋고 오이는 가지를 뻗을수록 좋다.

넓지 않은 텃밭인데도 알아야 할 내용은 대규모 농장보다도 많은 듯하다. 전문 농부야 핵심 작물 한두 가지만 잘 키워 내다 팔면 되지만 우리는 가족에게 공급할 온갖 채소를 다 건드려야 하고, 또 농약을 사용하지 않기 위해 온갖 꾀를 동원해야 하니 어쩌면 사실일 수도 있겠다.

"농약 안 치겠다고?"

"예, 텃밭 하는 사람들이 다 그렇지 않아요?"

"그거야 자기 마음이지만 안 될 거야. 옆 밭에서 농약을 하면 벌레들이 다 자기 밭으로 몰려가거든. 그리고 밭에 벌레, 병균 많이 생기는 거 난 별로야."

하여튼 이쁜 구석이라고는 손톱만큼도 없는 마름이었다.

내 텃밭이 생기다

"형은 이제 행복할 자격이 있어요."

몇 년 전 아내가 한 얘기다. 남은 삶, 오로지 아내의 행복을 위해 노력하며 살겠다고 부엌에 뛰어든 지 십오 년쯤 되었을 때다. 그사이 주방에서 길을 잃고 헤매던 중년 사내는 된장찌개에서 국, 찜까지 못 하는 요리가 없는 만능 집밥 요리사로 탈바꿈하고, 하루하루 위태롭기만 하던 가정은 어느새 세계 어느 집보다 화목하고 편안한 분위기로 바뀌었다.

"한 사람의 남성이 누군가를 사랑하기 위해 가부장적 경계를 용감하게 넘을 때 여성과 남성, 그리고 아이들의 삶이 더 나은 방향으로 근본적으로 변한다."

《두 번째 페미니스트》의 저자 서한영교 씨의 말이다. 어느 가정이나 나름의 사정이 있겠지만 적어도 나한테만은

100퍼센트 정확한 예언이라 하겠다. 가부장적 권위를 내려놓기로 하면서 가족의 운명은 나도 모르게 조금씩, 좋은 방향으로 변화하고 있었으니까.

"형은 이제 행복할 자격이 있어요."

아내의 말은 그 변화의 정점에 있었다.

아내는 내게 땅을 선물하기로 결심한 듯했다. 사 년간 텃밭을 하면서 이따금 작으나마 내 땅이 있으면 좋겠다고 하소연했다. 텃밭을 제대로 가꾸고 싶은데 아무래도 분양 텃밭은 한계가 많았다. 우선, 겨울작물을 할 수가 없었다. 예를 들어, 마늘은 10월에 심어 이듬해 6월에나 수확할 수 있는데, 이곳 텃밭은 3월이면 로타리로 온 땅을 뒤집은 뒤 다시 구획하고 새로 분양한다. 같은 이유로 겨울시금치, 겨울상추도 어려웠다.

두 번째는 나무 농사였다. 옆 농장에는 나무가 많아 계절에 따라 두릅, 엄나무, 매실, 복숭아 등 쓸모 있는 농산물을 많이 수확했다. 두릅이나 엄나무 순은 꽤 비싸고 귀한 식재료다. 과실도 탐이 나기는 마찬가지였다. 사실 꽃도 키우고 싶었다. 야생화를 좋아해 이 산, 저 산을 헤매는 내가 아닌가. 일하면서 주변에 예쁜 꽃이 피어있으면 기분이 더 좋겠건만.

그렇다고 정말 텃밭이 생기리라고 믿었던 것도 아니다. 그러니까 뭐랄까? 어차피 불가능한 바람이니까 마음 편하게 투덜댄다? 농부 아저씨가 또 우리 밭에 농약 뿌렸다네. 내 밭이 없으니 서러워서, 원. 이웃 농장에 물 좀 받으면 안 되냐고 물었다가 퇴짜 맞았어요. 가물어서 도랑에도 물이 거의 없던데. 누가 참외 따갔나 봐. 우리도 몇 개 안 열렸는데 너무하네. 주저리주저리. 아내는 묵묵히 내 불평을 다 받아주었다.

이곳이 도시 외곽이라고 해도 당시 집 근처 전답은 평당 백오십만 원에서 이백만 원에 달했다. 우리한테 그만한 돈이 있을 리가 없다.

2015년 가을, 아내가 어디 같이 갈 데가 있다며 나를 차에 태웠다. 한 시간 정도 달려가니 경기도 가평에서도 북쪽, 그러고도 한참 들어간 말 그대로 오지였다. 개울 다리를 건너 5분쯤 들어가자 인가도 사라지고 오토 캠핑장이 나왔다. 그 너머로 큰 농장이 하나 있고 더 안쪽으로 작은 농막이 두 채 보였다. 사람이 사는 집은 2킬로미터 전에 본 게 마지막이었다. 길은 농로였지만 그래도 주변 농막 덕분인지 자동차 왕래가 가능했다. 대부분이 논이고 더 깊이 들어가자 이팝나무와 소나무를 잔뜩 심어 놓았다. 조경수나 관상수로 팔기 위해 조성한 공간인가 보다. 11월 초라, 주변 풍광은 황량했다. 산은 황갈색이고 농사 시즌이 끝나 옆 농장에도 말라비틀어진 들깨 자루만 잔뜩 쌓여 있었다. 농로 여기저기 잣송이들이 널브러져 있었다.

아내가 보여준 땅은 그 길에서도 제일 안쪽이었다. 그 아래로는 조경수 농장이고 위로는 산비탈이었다. 주변도 살펴보았다. 이팝나무와 소나무 농장을 지나 200미터쯤 들어가니 가평 특유의 맑은 계곡물이 흘렀다. 길은 계곡에서 끝이 났다. 바위마다 돌단풍 잎이 가득한 것으로 보아, 봄이면 꽃만으로도 장관일 듯싶었다.

땅은 말라비틀어진 칡 잎으로 뒤덮여 있었다. 농사는 한 번도 짓지 않은 곳인지, 바닥은 굵고 잔 돌멩이 천지였다. 진입로 옆으로 비교적 평평한 땅이 삼백 평 정도, 그 뒤로는 산비탈이었다. 뒷산 여기저기 잣나무가 많이 보였다. 맞아, 가평은 잣으로 유명한 고장이지. 면적은 약 오백 평, 산비탈에 이백 평쯤 물려 있단다. 아는 사람이 땅을 싸게 처분한다고 내놓았는데 아내는 내 마음에 들면 구매할 의향이 있다고 했다. 그럴 돈이 어디 있느냐고 물었더니 교외 작은 아파트를 팔고 현재의 전세 아파트로 이사 오면서 여윳돈이 조금 남았단다.

솔직히 말해서 그 땅을 보는 순간 완전히 반했다. 외진 곳이라 찾는 사람 없이 조용한 점도 마음에 들었지만, 산 경사 위쪽을 조금 깎아 농막을 지으면 앞쪽으로 전망도 기가 막히겠다 싶었다. 농막 주변에는 잔디도 깔고 작은 화단도 가꾸고, 경사 아래에 밭을 만드는 것이다. 진입로에는 주차장, 그 옆으로 텃밭과 작은 과수원을 만든다……. 머릿속으로 이미 설계도까지 그려졌다.

"응, 정말 마음에 들어요. 아까 가본 계곡도 아름답고. 일하다가 가끔 낚시도 하면 좋겠어."

"그럼, 이제부터 형 놀이터야. 원하는 대로 꾸미고 놀아요."

아내는 정확히 그렇게 말했다. 이제부터 형 놀이터야. 아마도 내 평생 가장 행복한 순간일 것이다. 맙소사, 나한테 땅이 생긴다고? 내 마음대로 가꾸고 놀 땅이? 평생 꿈도 꾸지 못했던 일이 현실로 이루어지고 있었다. "형은 이제 행복할 자격이 있어요."라고 말한 뒤 아내는 내내 내 선물을 궁리했단다. 형편상 집 가까이는 어렵지만 외진 곳이라도 내 마음에 든다면 일주일에 한두 번 오가는 것도 상관없단다. 난 좋다고 대답했다. 그리고 우리는 다음 날 땅 주인을 만나 계약했다. 비록 오지에 맹지이지만 내 생전 처음으로 땅 주인이 되었다.

그 다음 해는 농막과 밭을 준비하느라 바빴다. 사람을 수소문해 농막을 짓고 농사를 지을 곳에는 새 흙을 보토했다. 그 상황에서는 돌이 많아 농사는커녕 삽질을 하기도 어려웠다. 지하수를 파서 급수시설도 확보했다. 60평 정도를 밭으로 정해서는 철망을 구입해 울타리를 둘렀다. 산골이니 아무래도 멧돼지나 고라니 들이 기승을 부릴 듯싶었다. 보토한 흙이 흘러내리지 않도록 주차장과 밭 사이에도 축대를 쌓아 구분했다.

대충 준비를 한 후 밭에는 콩부터 심었다. 콩이 밭을 비옥하게 해준다는 얘기를 어디선가 들었기 때문이다. 과수원에도 사과나무와 배나무 복숭아 나무를 몇 그루씩 사다가 심었다. 오랜 숙원을 이룬 셈이다.

이제 아내 말처럼, 놀 준비가 끝이 났다. 벌써부터 다음 해가 기다려진다.

봄은 텃밭에서부터 온다

"여기, 냉이 올라왔다."

"정말?"

"응, 이거 냉이 아닌가?"

모처럼 따뜻한 봄날, 점심 산책 중에 아내가 찾아낸 것은 냉이가 아니라 지칭개였다. 아내는 식물에 눈이 밝지 않아 여전히 지칭개와 냉이를 헷갈린다. 아직 냉이는 보이지 않고 쑥과 곰보배추, 망초 등은 여기저기 새싹을 내밀기 시작했다. 따뜻한 남녘과 달리 이곳 경기 북부는, 매화 꽃눈도 아직 이르고 텃밭에는 아직 녹지 않은 얼음이 가득하다. 그래도 자세히 보면 봄은 어김없이 바로 곁에까지 와 있다.

2월 중순이면 겨우내 닫았던 농장의 문을 연다. 농장이라 해봐야 산 아래 오륙십 평의 텃밭과 과수 몇 그루, 그리고 여섯 평짜리 농막 하나가 고작이지만, 난 매년 2월부터 11월까지 일주일에 한 번은 아내와 함께 이곳을 찾아와, 이랑을 만들고 퇴비를 하고, 씨를 뿌리거나 모종을 심고, 한여름 잡초와 치열한 싸움을 벌인다. 텃밭을 시작한 지 십 년, 이곳 오지에 맹지를 사서 밭을 꾸리고 농막을 지은 지도 벌써 칠 년, 이쯤 되면 지칠 만도 하건만 올해도 우리 부부는 집에서 자동차로 한 시간 이상 떨어진 농장을 찾아와 겨울을 밀어내고 한해의 농사를 꿈꾼다.

농사는 3월 중순 이후 감자가 시작이다. 미리 문을 여는 이유는 규모가 작은 농사에도 준비가 필요하기 때문이다. 지난해 김장을 끝으로 방치한 비닐 멀칭을 거두고 이랑을 만들고 퇴비해서 한 해의 밭을 만드는 것도, 텃밭과 농막의 주변을 정리하는 것도 꼭 필요한 일이다. 식물에 물이 오르면 일이 몇 곱, 몇십 곱 많아진다. 식물이 그렇게 빨리 자란다는 사실을 깨달은 것도 몇 년 동안 고생한 후의 일이다.

오늘 첫날은, 겨우내 마늘밭에 덮어두었던 보온 패드를 벗기고 뒷산 경사지에 마련한 두릅, 땅두릅밭의 잡풀, 잡목을 깨끗이 정리했다. 농사는 어차피 부지런한 사람들의 몫이다.

텃밭 놀이에서 봄은 선물과도 같은 계절이다. 감자를 심고 난 후 본격적인 농사는 4월 말에서 5월 초에 시작한다. 열대성 작물인 고추, 오이, 호박, 가지 등을 일찍 심으면 자칫 냉해로 몸살을 앓기 십상이다. 덕분에 그때까지는 이랑 준비 정도만 하면 어지간한 일은 끝이 난다.

한여름이면 잡초와의 싸움 때문에라도 휴식은 쉽지 않으나 이즈음이라면 주변의 정취를 마음껏 즐길 수 있다. 봄은 대한민국이 제일 아름다운 시즌이다. 산에는 복수초, 마을에는 매화를 시작으로 온갖 풀꽃, 나무꽃들이 한꺼번에 꽃망울을 터뜨리지 않는가.

또 하나, 이곳은 오지 깊은 산자락이라 온갖 노지 나물이 절정이다. 냉이, 쑥, 망초, 민들레, 씀바귀, 영아자, 산달래 등 작은 꽃나물도 좋지만, 고추나무, 화살나무 등의 새싹도 나물로 유명하다. 냉이, 전호를 데쳐 얼리거나 다래, 개다래 순을 묵나물로 만들어두면 오래오래 맛난 나물들을 식재료로 활용할 수 있다.

그렇게 나물을 캐고 작물을 키우노라면, 땅은 사는(for buying) 것이 아니라 사는(for living) 곳이라는 누군가의 말이 새삼스럽게 다가온다. 맞벌이 아내도 이곳에 오면 살 것 같다며 종종 감탄하지만 어쩌면 텃밭에 나와 흙을 만지고 더운 땀을 흘리고 싶어 하는 이유도 내가 살고 싶기 때문인지도 모르겠다. 동식물이 자유롭게 '사는' 이곳에서 온갖 채소를 '살림'으로써 비로소 내가 '살아간다.' 봄은 텃밭에서부터 온다.

봄꽃이 들려주는 얘기들

남녘에선 벌써 복수초가 피었다는 소식이 들려온다. 우리나라에서 가장 먼저 피는 꽃 복수초. 복과 장수를 기원하는 꽃이어서일까? 신기하게도 매년 정월 초하루 무렵이면, 지리산과 강원도 동해에서 예외 없이 샛노란 꽃을 피운다. 올해도 복 많이 받고 건강하라고 축원하는 듯이 말이다. 어느 해 겨울인가, 강원도 여행 중에 나도 일부러 동해를 찾아가 복수초를 보며 가족의 안녕을 빌었더랬다.

복수초가 특별히 빨리 피는 꽃은 아니다. 대부분의 지역에서 제일 먼저 봄소식을 들려주는 꽃은 변산바람꽃이다. 2월 바다에서 훈풍이 불기 시작하면 남쪽에서부터 변산바람꽃의 개화 소식이 들려온다.

내가 사는 경기 북부에서는 변산바람꽃 대신 너도바람꽃

이다. 2월 말 이곳 천마산에서는 앉은부채와 너도바람꽃이 먼저 개화하고 그 꽃들이 지기 시작하는 3월 중순이나 되어야 복수초가 고개를 내민다. 동해의 복수초가 특별히 신기한 것은 그래서다. 어떻게 한겨울 꽁꽁 언 땅을 녹이고 꽃대를 내밀었을까? 그것도 제일 춥다는 강원도에서?

사람들에게 봄꽃 이야기를 들려줄 때 늘 질문부터 한다.

"벚꽃이 만개한 벚나무가 왜 그렇게 아름답고 인기가 많은 줄 알아요?"

대답은 대체로 "겨우 내내 꽃에 굶주렸으니 반가워서"이다. 틀린 말은 아니다. 나도 2월이면 벌써 온몸이 들썩거린다. 10월 산국, 꽃향유들을(우리나라에서 제일 마지막에 피는 꽃은 좀딱취이지만 남부지방에서만 핀다) 마지막으로 벌써 삼 개월째 꽃구경을 못 하지 않았는가. 그러니 이른 봄 계곡을 가득 덮은 여리디여린 봄꽃들이 얼마나 반갑겠는가. 다만 내가 준비한 대답은, "잎이 없어서"다. 매화, 산수유, 생강나무, 벚꽃, 살구꽃, 자두꽃 등등, 우리 주변에 흔히 보는 봄나무 꽃들이 대부분 그렇다. 여름나무와 달리 잎보다 꽃을 먼저 피운다. 잎이 무성해야 할 자리까지 꽃이 다 차지했으니 얼마나 풍성하고 화려하겠는가.

혹한의 시련을 이겨내고 새 희망을 상징하니 어찌 아름답지 않겠느냐 반문하는 사람도 있다. 봄은 새로운 생명이 태어나는 계절이다. T. S. 엘리엇에게 4월이 가장 잔인한 까닭은 우리에게 헛된 희망을 주기 때문이었다. 겨울이라는 죽음이 낳을 수 있는 것 또한 죽음뿐이라는 주장이지만, 아무리 헛된 바람일지언정 새로운 희망이 싹을 틔우는 것은 분명한 사실이다.

어쩌면 봄꽃들에게 겨울보다 봄이 더 혹독할 수도 있다. 이제는 어떻게든 살아내야 하니까. 살아서 번식해야 하니까. 엘리엇의 말처럼, 겨울은 오히려 편안한 꿀잠 같았으리라. 봄꽃이 아름다운 이유는 겨울이라는 시련을 이겨냈기 때문이 아니라 오히려 더 혹독한 싸움을 해야 하기 때문일지도 모르겠다.

복수초, 변산바람꽃, 너도바람꽃, 노루귀, 얼레지, 현호색 등 이른 봄꽃이 피는 곳은, 햇볕 따뜻한 남쪽이 아니라 기이하게도 해가 짧아 아직 얼음도 녹지 않은 그늘진 북쪽, 산의 북사면이다. 처음 야생화에 눈을 떴을 때 무엇보다 호기심을 자극했던 것이 바로 이 점이었다. 왜, 봄꽃은 따뜻하고 밝은 남쪽이 아니라 춥고 어두운 북쪽에서 먼저 피는 걸까? 얼음도 녹지 않은 1, 2월에 서둘러 꽃을 피우려는 이유는 뭘까? 이른 봄 계곡을 가득 채우다가도 4월 중순이 지나면 어째서 몰살이라도 당한 듯 한꺼번에 사라지는 걸까?

봄꽃은 어쩌면 약자일지도 모르겠다. 햇볕 가득, 따뜻한 남쪽은 키 큰 나무와 힘센 꽃들한테 빼앗기고, 경쟁을 피해 춥고 척박한 북사면으로 옮겨 앉은 것이다. 그런데 환경이 열악하기에 이제 힘센 친구들이 아니라 자기 자신과 경쟁해야 한다.

칠만 년 전, 인류가 따뜻하고 비옥한 아프리카를 벗어나 유라시아로 떠나야 했을 때 추위와 부족한 일조량을 극복하기 위해 피부색을 흰색으로 바꾸었듯, 이제 봄꽃들은 이 척박한 세상에서 살아남기 위해 자신과의 싸움을 시작한다.

봄꽃이 자리 잡은 북사면 계곡은 해가 짧고 춥고 나비와 벌 같은 매개곤충이 귀하다. 더욱이 수량이 풍부해 낙엽활엽수가 광범위하게 자리를 잡기에 4월이면 활엽수 잎이 하늘을 막아 작고 여린 봄꽃들이 햇볕을 받기가 점점 어렵게 된다. 혹한을 무릅쓰고라도 서둘러 이른 꽃을 피우고 아름답게 단장해야 하는 이유다. 그 짧은 시간 동안 어떻게든 양분을 아끼고 곤충을 불러들이고 수정하고 씨방을 맺어야 하기 때문이다.

살아남기 위한 투쟁도 눈물겹다. 복수초가 1월 초, 동토에서 꽃을 피우는 비결은 주변보다 꽃의 체온이 6~7도 높아서다. 복수초는 눈이 부시도록 밝은 노란색 꽃잎을 금잔처럼 만들어 햇볕을 잔뜩 머금고 그 햇볕으로 곤충들을 끌어모은다. 곤충들은 그 속에서 언 몸을 녹이며 놀면서 몸에 꽃가루를 묻히고 꽃의 수정을 도와준다. 얼음 사이로 핀다고 얼음새꽃, 눈을 녹이고 나온다고 하여 눈색이꽃이다. 이런 별명들이 괜히 붙은 것은 아니다.

변산바람꽃, 너도바람꽃 같은 바람꽃 종류나 노루귀 등의 투쟁은 더욱 치열하다. 이들은 아예 꽃받침을 꽃잎처럼 바꾸고 꽃잎을 꽃술로 탈바꿈해 꿀샘까지 만들어낸다. 역시 부족한 양분을 아끼고 매개곤충들을 최대한 유혹하기 위한 전략이다. 변산바람꽃에서 보는 다섯 개의 흰 꽃잎이 실은 꽃받침이고 꽃술을 둘러싼 녹색의 깔대기가 바로 꽃잎이다. 너도바람꽃이라면 노란색 꿀샘이 달린 꽃술이 꽃잎이다. 노루귀 같은 꽃도 꽃잎이 꽃받침의 변신이지만 거기에 더해 벚나무처럼 꽃을 먼저 피우고 꽃이 진 다음에야 잎을 낸다. 이보다 더 치열한 변신이 또 어디 있겠는가. 이른바 생존을 위한 투쟁이 진화로 이어진 것이다.

벚꽃, 매화가 아름다운 이유는 그만큼 봄이 살아내기에 혹독한 계절이기 때문이다. 그래서 아직 많지 않은 나비와 벌 같은 매개곤충의 이목을 끌고 유혹하기 위해 잎이 있을 자리까지 모두 꽃으로 채워 넣었다.

꽃 한 송이는 아무리 하찮아 보여도 오랜 투쟁과 진화의 산물이다. 인류의 조상이 편안한 고향을 떠나 자신과의 처절한 투쟁 끝에 찬란한 유럽 문명을 꽃피웠듯, 봄꽃의 아름다움은 그들이 얼마나 치열하게 싸웠는지, 지금도 얼마나 혹독하게 싸우고 있는지 보여주는 생생한 증거다. 봄꽃은 이를테면 약한 자들의 투쟁이자 혁명이다. 봄이 온다. 봄꽃이 온다.

리틀 포레스트

여린 망초 순을 조금 땄다. 아내에게 망초 나물 맛을 보여주고 싶었다. 텃밭을 시작한 지 오래인지라 보통 텃밭 작물은 아내도 익숙하지만, 산들에 피어나는 산나물은 아직 생소한 것들이 많다.

망초를 소금물에 살짝 데쳐 찬물에 씻은 다음, 소금 약간, 들기름 한 방울, 통깨 약간만으로 조물조물 무쳐 아침 밥상에 올려놓았다.

"이게 뭐야? 시금치?"

망초 순이라고 대답하자 아내는 조금 집어 조심스레 오물거리더니 이내 맛있다며 듬쑥듬쑥 먹기 시작한다. 부드러우면서도 쌉쌀한 맛이 마음에 든다는 뜻이다.

서울 생활을 청산하고 교외로 떠나온 지도 꽤 되었다. 서울에서 들려오는 뉴스들도 오래전에 무덤덤해졌다. 종부세가 어떻고 양도세가 어떻고 일 가구 일 주택이 어떻고…….
애초에 서울을 떠난 것도 경쟁에서 이길 자신이 없기 때문이었다. 싸우다 만신창이가 되느니 일찌감치 포기하는 편이 낫다고 판단한 것이다. 여전히 무주택자 신세이지만 그래도 서울이라면 오십억 원도 넘게 받을 만큼 넓은 땅이 있고 그 땅엔 서울에서는 상상도 못 할 식재료가 봄, 여름, 가을 자라난다. 아내한테 그 이야기를 했더니 그런 걸 "정신승리"라고 한다며 눈을 흘긴다.

임순례 감독의 영화 〈리틀 포레스트〉를 보았다. 이십 대 중후반으로 보이는 주인공 혜원이 서울 생활을 떠나 고향으로 돌아와 땅과 자연에서 수확한 재료로 요리하면서 몸과 마음을 치유한다는 내용이었다. 사실 전원에서의 삶이 마냥 그렇게 목가적일 수만은 없다. 영화에서도 폭우에 쓰러진 벼와 과수원의 낙과를 가볍게 터치하고 지나가지만, 징그러운 짐승과 벌레들, 한여름 상상을 초월하는 무더위, 돌아서기만 해도 1센티미터씩 자라는 잡초, 죽어라 일해도 벗어나지 못하는 가난은 시골에서의 삶 역시 꿈이 아니라 현실임을 말해준다.

아내는 여전히 벌을 무서워하고 개구리가 폴짝 뛰면 진저리를 치고 비명부터 지른다. 이곳을 계약할 때만 해도, 짬을 내어 가까운 명지천에서 멱도 감고 물고기도 잡을 꿈을 꾸었지만, 일주일에 하루만 찾다 보니 전원생활의 이상을 즐기기는커녕 온종일 김을 매거나 주변 잡초와 싸우다 기진한 채 집에 돌아가고 만다.

그럼에도 주말이 되면 어김없이 달려오는 이유는, 〈리틀 포레스트〉의 혜원처럼 이곳에 와서 치유를 받는다고 믿기 때문이다.

텃밭이 반려동물 같다는 생각을 한 적이 있다. 야생화를 보기 위해 산을 찾는 것도, 가평 오지의 텃밭에 와서 흙을 만지는 것도, 자연과 함께하려는 마음의 표현이겠지만 두 행위는 근본적으로 의미가 다르다. 전자의 경우 우리는 자연에 스쳐 지나가는 손님일 뿐이지만, 후자는 엄연히 주인이라 주인답게 텃밭을 돌봐줘야 한다. 때가 되면 먹을 음식과 마실 물을 주고 털을 깎아주듯 잡초를 제거해야 한다. 농작물도 농사꾼의 발소리를 들으며 자라고 주인에게 버림받으면 반려동물과 마찬가지로 야생으로 돌아가고 만다. 반려동물처럼 끊임없이 주인의 손길을 요구하기도 한다. 반려동물과의 행복한 동행을 위해 수고를 아끼지 않듯, 이를테면 텃밭을 가꾸며 치러야 하는 노동은 소박한 행복을 위한 대가인 셈이다.

혜원은 배가 고파서 내려왔다고 했다. 인스턴트 음식으로는 허기를 채울 수 없었다며. 혜원이 자신을 위해, 친구들을 위해 정성껏 음식을 준비하는 이유일 것이다. 내가 아내를 위해 상을 차리는 이유도 별반 다르지 않다. 음식은 단순히 생계를 위한 도구가 아니다. 자본주의 경제를 돌리기 위한 부수적 기능도 아니다. 그 자체로 의미 있고 가치 있는 행위다. 사람을 살리는 일이자 사람과 사람을 이어주는 도구이기도 하다. 밥상을 차리든, 밥상을 받든 음식을 대하는 자세를 보면, 그가 사람을 어떤 눈으로 보는지 알 수 있다.

혜원의 모가 말했듯, "요리는 마음을 비추는 거울"이다. 어쩌면 혜원은 서울을 떠난 것이 아니라 고향에 돌아온 것일지도 모른다는 생각도 해본다. 내가 그랬듯이.

"그런데 어떻게 저렇게 젊은 사람이 이십 년 주부인 나보다 요리를 잘하고 십 년 경력의 텃밭지기보다 농사일을 잘 알지? 고등학교 졸업 후 서울에서 살았다면서?"

내가 한마디 하자 아내가 또 영화 갖고 시비 건다며 조용히 감상이나 하란다.

저기요, 혜원 씨, 씨감자를 그렇게 얕게 심으면 나중에 감자가 모조리 땅 밖으로 올라와요. 고구마는 아래로 달리고 감자는 위로 올라온다는 말도 몰라요? 그리고요, 혜원 씨가 주운 밤은 산밤이 아니라 옥광이나 대범 같은 개량종일 겁니다. 산밤은 그렇게 크지도 않고 윤기가 나지도 않아요.

부러운 마음에 투덜대지만, 아무튼 내 꿈 같은 영화.

봄을 요리하다

오래전, TV에서 고 임지호 셰프를 보았다.

나로서는 이름은커녕 듣도 보도 못한 식물들을 아무렇게나 채취해 요리하는데 그걸 또 사람들이 맛있다며 먹는 게 신기했다. 그의 삶을 다룬 영화 〈밥정〉에서는 돌옷이라는 별칭의 이끼로 국물을 내거나 졸여 요리를 만들지 않나, 한겨울 바짝 마른 잡초까지 채취해 그럴듯한 음식으로 탈바꿈시켰다.

그동안 야생화를 찾아 산들을 헤매다가 얼떨결에 야생화 입문서도 펴냈지만 그야 그저 꽃이 예뻐서일 뿐 어느 식물이 식용인지, 어느 식물이 어떤 맛을 내는지에는 전혀 관심이 없었다. “산에서는 아무것도 가져오지 않는다.”가 애초 내 신념이기도 하다. 아무래도 그래서였을 것이다. 임 셰프의 능력이 부럽고 흉내라도 내고 싶지만 어차피 다른 세상 얘기 아닌가. 번역가 주제에 전국 팔도를 돌아다니며 공부할 수도 없고 당시에는 내 앞으로 된 쑥, 냉이 캐 먹을 땅 한 뙈기 없었으니 말이다.

"저기요, 이거 쌈으로 해 드세요. 맛있어요."

"이건 향초라는 건데요. 데쳐서 무쳐봐요. 먹을 만해요."

산들에 그렇게 식용 식물이 많다는 사실을 안 것은 이곳 가평에 텃밭 가꿀 땅을 사면서부터다. 농사도 뭐도 모를 것 같은 글쟁이 놈이 내려와 낑낑대니까 어느 봄날 옆 농장 아주머니가 찾아와 몇 가지 나물을 알려주었다. 그분도 식물 이름을 제대로 모르기는 했다. 나중에 알았지만 쌈으로 먹는 건 영아자 새순이고 향초는 전호였다.

어린 영아자는 망초와 비슷해 보이는데 줄기와 잎에 잔털이 없고 줄기를 꺾으면 하얀 진액이 나온다. 전호는 산형과 식물로 잎이 가늘게 갈라진다. 울릉도에서만 자라는 나물로 알려졌지만, 지금은 이곳 가평을 비롯해 적잖은 곳에 자생하고 있다.

조선시대에는 아홉 살이 되기 전에 나물 서른세 가지는 익혔다고 들었다. 그만큼 먹고 살기가 쉽지 않았다는 뜻이기도 할 것이다. 정작 논밭에서 경작한 작물은 힘 있는 놈들한테 빼앗기고 먹을 것을 찾아 들판을 찾아 헤맨 것이다. 어쨌거나 아홉 살 어린 동자도 그 정도는 아는데 오랫동안 집밥을 차렸다는 늙은이가 망초와 영아자 구분도 못 해 그 맛난 나물들을 포기하고 살았다니.

그때부터 모르는 식물은 사진 촬영까지 해 주변에 물어가며 농막 주변의 식물들을 탐구했고 지금은 조선시대 아홉 살 꼬맹이만큼은 구분할 수 있다.

텃밭 하는 사람들에게 4월은 일 년 중에서 가장 바쁠 때다. 고구마, 고추, 호박, 오이 등 5월에 있을 본격적인 텃밭 농사를 위해 땅을 준비해야 하기 때문이다. 밭을 갈고 퇴비를 하고 이랑을 만들고 멀칭을 하는 등, 이른 봄 텃밭은 끊임없이 사람의 손을 요구한다. 나도 올해는 고구마 두 단, 고추 마흔 수를 비롯해 육십 평 텃밭을 모두 채울 생각이다.

나처럼 텃밭이 산자락 오지에 있다면야 이즈음이 바쁜 이유는 또 있다. 계곡의 돌단풍꽃이 지고 냉이 뿌리에 심이 생길 무렵이면 온갖 봄나물이 일제히 산과 들을 뒤덮는다. 홑잎나물, 고추나물, 다래순, 두릅, 돌나물, 미나리, 원추리 등등 이름을 헤아리기도 어렵다. 이 시기를 놓치면 대부분 웃자라고 억세지기에 마음은 늘 텃밭보다 주변 들판이 먼저다.

봄나물이 오이, 호박, 배추 등 재배 식물보다 비타민, 미네랄 등 영양소가 월등하다는 사실은 다들 알고 있다. 겨우내 뿌리와 줄기에 양분을 비축해야 했을 테니 왜 아니겠는가. 그래도 지금 내가 산나물을 고르는 기준은 무조건 맛과 향이다. 무엇보다 아내의 입맛에 맞아야 한다. 그 덕에 민들레, 씀바귀뿌리, 곰보배추는 일찌감치 목록에서 떨어져 나가고, 돌단풍, 망초도 더는 식탁에 오르지 않는다.

나물 요리가 사찰음식에서 발달했기에 오신채(五辛菜)를 사용하지 않는다지만 냉이, 달래처럼 대부분의 봄나물이 맛과 향이 독특해, 집간장이나 집된장 정도로 재료 자체의 맛을 즐기는 편이 좋다. 차, 샐러드 정도의 서양과 달리 우리나라는 무치고 지지고 볶고 튀기는 등 나물을 즐기는 방법도 다양하다.

나도 이맘때면, 냉이, 두릅, 전호, 영아자는 데쳐서 얼리고, 머위, 엄나무순 등은 장아찌를 만들고, 다래, 눈개승마는 말려 묵나물을 만들어둔다. 채소 구하기가 어려운 겨울을 위한 비상식량인 셈이다. 봄의 맛과 향에 빠진 이후의 습관이 그렇다.

텃밭 점심 식사를 위해, 영아자, 돌나물, 고들빼기, 돌미나리를 조금 따다 겉절이를 만들고, 땅두릅, 두릅은 데쳐 고추장과 함께 내놓았다. 다래순과 고추나물은 집간장, 들기름에 무치고, 영아자, 전호, 왕고들빼기 잎을 텃밭 상추와 함께 쌈채소로 준비했더니 아내가 나보고 방랑식객 같다며 좋아한다. 그 경지에 이르려면 적어도 나물 아흔아홉 가지는 구분해야겠지만 기분은 좋다.

봄은 나물과 함께 익어간다.

농막의 하루

한 해 농사는 감자가 시작이다. 3월 초, 씨감자를 장만해 베란다에 늘어놓고 어느 정도 싹눈을 틔웠다가 3월 중하순에 싹눈을 기준으로 두세 개로 잘라 밭에 심으면 된다. 다른 밭작물은 4월 말이나 5월 초가 되어야 시작하지만 감자는 땅속에 심는 터라 상대적으로 냉해에 안전하다. 매년 씨감자를 구입했지만 올해는 승찬 씨에게 선물을 받았다. 20킬로그램 한 상자를 분양받았다며 5킬로그램을 뚝 떼어준 것이다. 승찬 씨는 내게 번역을 배우고 부인 지연 씨는 대학 시절 영어를 배운 인연이 있다. 길지 않은 시간이건만 늘 이렇게 나를 챙겨준다. 고마운 일이다.

농막은 봄기운이 완연하다. 이 주 전 왔을 때만 해도 여기저기 땅이 얼어있었는데 지금은 바람에서도 온기가 느껴진다. 산수유가 꽃을 터뜨리고 백매, 홍매에도 꽃눈이 열렸다. 사과나무, 배나무, 복숭아나무, 살구나무 등 과수들도 일제히 꽃 폭탄을 터뜨릴 날이 머지않았다는 뜻이다.

이곳 농막은 4월과 9월이 제일 예쁘다. 4월에는 온갖 봄꽃들이 만개하고 9월이면 몇 해 전 경사에 심어놓은 온갖 국화들이 눈을 즐겁게 해준다. 더욱이 심산 자락이라 귀한 풀꽃들도 적지 않다. 윤판나물, 홀아비꽃대, 두루미천남성 같은 산꽃들은 물론, 몇 해 전에는 텃밭 바로 옆에서 멸종위기라는 층층둥굴레도 대여섯 수 찾아냈다.

겨우내 덮어두었던 보온 부직포를 벗겨내자 마늘 싹이 보인다. 지난해까지 볏짚과 톱밥으로 보온했을 때는 싹이 모두 죽고 3월 말에나 다시 나오기 시작했는데 이번에는 지난가을의 싹이 그대로 살아있다. 부직포와 비닐로 덮어 보온했는데 그게 해법이었던 모양이다. 이렇게 또 하나를 배운다. 다들 파릇한 걸 보니 벌써 봄기운을 느끼는 모양이다. 하루 이틀 지나면 허리를 곧추세우고 봄볕을 즐기기 시작하리라.

양파는 아쉽게도 올해도 실패했다. 이 년 전에도 심었다가 2/3가 얼어 죽는 바람에 포기했다가 혹시나 해서 재도전했건만 오히려 거의 전멸 수준이다. 똑같은 조건인데 왜 마늘은 살고 양파는 죽는 걸까? 얼치기 농부인지라 뭘 해도 어설프기만 하다.

"올해도 양파는 실패했나 봐."

"왜 그럴까? 추워서 안 되나? 양파가 원래 무안 같은 남쪽에서 잘 자라잖아."

아내의 말을 듣고 보니 그럴 것도 같다. 원래 전라도가 주산지였지? 따뜻한 남쪽? 기온이 문제라고 하니까 죽은 양파들한테 조금은 덜 미안해진다. 그렇지만 이곳에도 대규모 양파밭이 적지 않은데?

마늘이랑 옆 비닐 터널에도 쌈 채소, 봄동, 시금치들이 한창 파릇파릇하다. 부추, 냉이, 시금치처럼 뿌리로 겨울을 나는 식물은 더 맛이 있고 영양도 풍부하다. 추위를 이기기 위해 당분을 비축해두기 때문이다. 그래서 봄 부추는 가족한테도 주지 않는다고 하던가? 나는 비닐 터널도 걷어주었다. 시금치를 솎아서 오늘 저녁엔 시금치나물을 해야겠다. 시금치는 뿌리째 먹는 게 좋다. 치매, 뇌졸중을 예방하고 면역력을 증강해준단다. 하긴 몸에 좋은 나물이라면 이 주변이 한약방이나 진배없다. 3월이면 냉이, 쑥, 달래, 전호, 영아자들이 올라오고 4월에도 두릅 순, 다래 순, 오가피나무 순, 돌미나리, 머위 들이 입맛을 자극한다. 도시에 도시의 먹거리가 있다면 이곳 시골에도 시골 특유의 맛과 향기가 있다. 내가 사랑하고, 사랑하는 아내가 사랑하는 맛. 오지에서 텃밭을 하는 이유다.

감자 5킬로그램을 적당한 크기로 자르니 여든 조각쯤 나온다. 백 조각 이상 나와야 정상이지만 다른 작물도 심어야 해 큼지막하게 잘라냈다. 지난해 해보니 이랑 네 개에 일흔 개쯤 들어갔다. 올해도 딱 그 정도만 할 생각이다. 이 주 전 감자를 심을 곳에 미리 유황 가루를 뿌리고 퇴비를 해두었다. 오늘은 흙을 뒤집어 퇴비를 고르게 섞고 손으로 어루만져 이랑을 만든 다음 검은 비닐로 멀칭을 하고 40센티미터 간격으로 씨감자를 심어야 한다. 흙의 부드러운 촉감은 텃밭을 하는 또 하나의 매력이다.

다른 씨앗과 달리 감자는 10~15센티미터 정도로 깊이 묻어야 한다. 감자는 위로 열리고 고구마는 아래로 달린다. 몇 해 전 감자를 야트막하게 심었다가 온통 흙 밖으로 삐져나오는 바람에 식겁한 적이 있다. 감자는 햇빛을 받으면 솔라닌이라는 독성을 만들기 때문에 먹을 수가 없다. 그것만 조심하면 이제 햇볕과 바람과 비의 시간이다. 감자는 적응력이 강한 친구라 어지간하면 싹을 올리고 뿌리를 맺는다. 앞으로 서너 주 후면 이랑의 흙을 밀어내고 굵직한 꽃대와 잎을 밀어 올리기 시작할 것이다.

"점심 먹고 냉이 좀 캘까?"

"올라왔어? 너무 작지 않아요?"

"아까 잠깐 둘러봤는데 먹을 만하더라고."

"난 아직 자신이 없어. 지칭개인가? 그거랑 자꾸 헷갈려서. 속속이풀도 그렇고."

"벌써 몇 년인데요. 올해는 쉽게 알아볼 수 있을 거야."

걱정과 달리 올해는 아내도 손쉽게 냉이를 구별했다. 어릴 때면 냉이, 지칭개, 뽀리뱅이, 심지어 애기똥풀까지 비슷비슷해 보인다.

"여기 봐요, 지칭개는 잎 뒷면이 하얗고 뿌리 윗부분에 붉은 기운이 있잖아. 애기똥풀은 잎 가운데에 털이 가득하고. 아니, 그건 민들레예요. 잎이 역삼각형으로 쭉 이어져 있죠?"

지난해만 해도 이런 식으로 봄나물을 구분해주었는데 이제 그럴 필요가 없어진 것이다.

농막에서 나오면 넓은 계곡까지 200미터 정도 농로가 이어져 있다. 왼쪽으로는 논이고 오른쪽으로는 판매용으로 심은 이팝나무와 소나무 숲이다. 바로 이 주변에 온갖 야생 나물이 피어난다. 점심 식사를 마친 후 우리는 산책 겸 1시간 정도 냉이를 캤다. 달래는 아직 어리고 전호는 한두 개 정도, 돌나물도 두 주가량 기다려야 할 것 같았다. 곰보배추도 이제 겨우 시작이다.

이 길은 우리 부부의 산책길이기도 하다. 농로 끝에 가평 특유의 맑은 계곡물이 흐르는데 그곳에 들렀다가 오래전 문을 닫은 오토캠핑장을 거쳐 농막으로 돌아오곤 한다. 우리는 개울에 가서 흐르는 물에 냉이를 씻기로 했다. 천천히 그곳으로 걷는데 물소리가 벌써 시원하게 들린다. 연인산, 명지산의 눈과 얼음이 녹으면서 이른 봄이면 이렇게 계곡물이 기운차게 흘러넘친다. 냉이를 씻기 위해 소쿠리를 들고 계곡으로 내려가는데 바위 여기저기 희고 붉은 꽃들이 햇볕에 반짝이고 있었다.

"와, 벌써 돌단풍이 피었네."

내 말에 아내가 냉이를 씻다 말고 고개를 들었다.

이찬복 씨는 힘이 세다

2월 하순은 이곳 경기 북부도 한 해 농사를 준비하는 시기다. 비록 오륙십 평 남짓의 작은 텃밭에 과실수 몇 그루가 고작이지만, 일주일에 한 번 겨우 오는지라 나 같은 날라리 농군도 게으를 틈이 없다.

삼 개월 만에 처음으로 농막 가는 길, 마을의 전 이장 이찬복 씨를 만났다. 작은 사과 농장을 경영하고 있는데 가지치기하러 나왔단다.

“이장님, 일 끝나면 잠깐 들르세요. 막걸리나 한잔하죠.”

이 씨와는 몇 해 전 텃밭 보토(補土)로 인연을 맺었다. 텃밭을 만들 당시 돌이 많아 흙을 사서 덮기로 했는데 그 일을 담당한 사람이 이 씨였다. 이 씨는 직접 15톤 트럭 스무 대 분량의 흙을 실어 내 밭에 뿌려주었다.

이듬해 지하수용 모터를 고쳐준 이도 이 씨다. 모터를 연결했는데 지하수가 올라오지 않는다! 농부 흉내조차 어설픈 인간이 모터인들 어찌 다루겠는가. 결국 이 씨한테 연락했다.

"이장님, 혹시 모터 보시는 분 있을까요? 아무리 해도 물이 안 올라오는데……"

"지금 가볼게요."

이 씨는 보자마자 어디가 문제인지 안다. 여기, 여기, 여기, 고무 패킹이 삐져나왔죠? 얼어 터져서 그래요. 그러고는 척척 나사를 풀어 패킹을 제자리에 맞춰준다. 모터 소리도 정상이 되고 물도 잘 나온다.

"저기 봐요. 겨울에 물을 빼놓지 않아서 호스도 두 군데 찢어졌어요."

"호스를 다 갈아야 하나요?"

"찢어진 부분을 잘라내고 철물점에서 15미리 XL밸브를 사다가 연결하면 돼요."

"엑셀 뭐요?"

"XL밸브. 15밀리미터 호스 연결한다고 하면 줄 거예요."

농사, 운전, 농기구 수리, 산야초…… 이 씨는 모르는 게 없고 못 하는 일이 없다. 아파트에 틀어박혀 번역이나 하고 글줄이나 읽는 나로서는 상상도 못 할 능력이다. 그 후 일 년간은 툭하면 이 씨를 괴롭혔다. 산들에 쑥, 냉이, 달래 말고도 먹을 게 많다는 사실을 알려준 것도 이 씨이고, 텃밭에 울타리를 하라고 조언한 것도 농막을 짓도록 주선한 사람도 이 씨였다. 전선을 건드린다며 소나무 가지도 쳐주었다.

"이장님은 좋으시겠어요. 뭐든 혼자 힘으로 해결할 수 있으시니."

내가 부러워하자 이 씨는 막걸리부터 한잔 들이켠다.

"돈이 없으니 그렇죠. 남는 건 몸하고 시간뿐인걸요."

이 씨는 마침 잘 만났다는 듯 신세 한탄부터 시작한다.

"코로나 때문에 사과 판매도 반 토막이고 마을 체험농장도 수입이 하나도 없어요. 정부는 술집에는 돈을 주면서 농촌은 나 몰라라 하네요."

그러고 보니 자영업자 재난지원금 얘기는 있어도 농어촌 관련 얘기는 들어본 적이 없다.

곤도 고타로는 《최소한의 밥벌이》에서, 자본주의 경제체제를 벗어나 밥을 먹고살 수 있는지 실험한다고 논농사를 시작했다는데 기껏 일이 년의 삶이다. 어쩌면 내가 어설픈 도시농부 흉내에 만족하는 것도 그래서일 것이다. 이 씨처럼 몸과 시간을 투자할 자신은 있어도…… 그래서 먹고는 살 수 있는 걸까? 평생을 땅과 싸워온 이찬복 씨도 어렵다는데?

여름 한창때 슈퍼에 나가 보면 안다. 농부의 땀과 노력이 얼마나 헐값에 거래되는지. 고타로도 노동은 절대 자본을 이길 수 없다고 인정하지 않았던가. 나도 괜한 칭찬을 했다 싶어 애먼 막걸리만 연거푸 들이켰다.

결국 이 씨를 이 땅의 슈퍼맨으로 만든 것도 가난이다. 슈퍼맨이 되었어도 가난을 벗어나지 못하는구나.

멧돼지 가족의 나들이

"멧돼지가 다녀갔네. 그저께 조금 늦게 나왔더니 큰 놈 하나 작은 놈 둘이 여기로 빠져나와 자네 텃밭 쪽으로 달아나더라고. 몇 년간 안 오더니 걱정이야."

농막에 나갔더니 이웃 농장 주인이 푸념한다. 놈들이 한 번 맛을 들이면 다시 찾기가 십상이란다. 산기슭에 텃밭을 마련한 뒤 겨울을 빼면 거의 매주 한 번씩 드나들었지만, 멧돼지 피해를 입은 적은 없었다. 하긴 깊은 산골이니 그게 더 신기한 일이다. 도심에 나타나는 짐승이 한적한 산중을 피하라는 법이 어디 있겠는가.

아니나 다를까, 멧돼지 가족은 두 주 후 다시 다녀갔다. 첫 방문 때는 옥수수 십여 대를 분질러놓더니(어린 새끼들이 쉽게 먹도록 하기 위해서란다), 이번에는 고구마밭을 온통 쑥

대밭으로 만들어놓고 떠났다. 철망 울타리 반대편에 사람이 드나드는 작은 틈이 있는데 옥수수밭에서 놀다 우연히 입구를 찾아낸 모양이다. 구근을 좋아하는 아이들이라 애써 키워놓은 참나리 뿌리까지 몽땅 파헤쳐놓았다.

사람을 다치게 하지 않는다면야 크게 억울할 일은 아니다. 텃밭이야 애초에 수확이 아니라 운동과 소일거리를 겸해 벌인 일이다. 땅이, 바람이 허락하면 고추 조금, 호박 조금 얻어 된장찌개도 끓이고 조림도 만들고 전 몇 개 부쳐 먹으면 그만이다.

조금 미안하기도 하다. 가난에 떠밀려 어린 새끼들까지 이끌고 감행한 위태로운 나들이였다. 그렇게 남의 집 곳간을 기웃거렸건만 옥수수는 씨알이 영글지 않고 고구마도 잔뿌리가 고작이다. 가족의 목숨을 담보로 한 구걸치고는 수확이 옹색하기만 하다. 저렇게 험악하게 파헤친 것도 절망과 분노가 그만큼 컸기 때문이리라.

애초에 인간이 아니라면 산에서 내려올 이유도 없었다. 인간들은 권력과 자본과 트랙터를 앞세워 산을 허물어 별장을 짓고 대규모 고랭지 농장을 만들었다. 개발과 간벌을 이유로 터전과 먹거리를 빼앗아 갔다. 이곳에 온 이후, 주변에 벌써 작은 동산 두 개를 깎아 펜션촌을 만들지 않았던가. 보따리 빼앗기고 뺨까지 맞은 심정이겠지? 자기들이 내몰아 놓고 산에서 내려왔다고 총질을 해대니 말이다.

이웃에서는 더 이상의 피해를 막겠다며 울타리 여기저기 말뚝에 폐기름을 발라 박아 넣고 있다. 나도 잠시 고민하다가 철사를 가져와 멧돼지들이 드나든 틈을 막기로 한다. 결실을 보기도 전에 이런 식으로 드나들면 위험만 더할 뿐 멧돼지 가족에게도 도움이 되지 못한다. 조금 떨어진 곳에 멧돼지가 좋아한다는 돼지감자라도 심어둘까 하다가 그 역시 사람이 다칠까 포기하고 만다.

산 입에 거미줄 치랴, 어린 자식들을 업고 끌고 내 집을 두드린 가난한 우리들의 어머니, 그 가족을 외면하는 마음이 모질기만 하다. 나는 주섬주섬 고구마 뿌리들을 거두고 줄기를 정리해본다. 비록 늦기는 했어도 정성껏 이랑을 짓고 갈무리하면 작은 알뿌리라도 맺지 않을까?

똑같이 환경의 피해자이건만 우리는 그물에 걸려 죽은 밍크고래에 분노하면서도 멧돼지 가족의 총살에는 하나같이 입을 다물고 만다. 고래가 상징적이라면 멧돼지는 현실이기 때문일 것이다. 고래를 도우면 영웅이 되지만 멧돼지를 도우려는 순간 책임이 따르고 마니까. 내게, 우리에게 손해가 되니까.

미안하구나, 배고픈 성가족이여. 말만 번드르르할 뿐 너희를 도울 방법이 없구나.

자귀꽃 필 무렵

장마 무렵이 되자 모감주나무, 자귀나무, 능소화 등 여름 나무꽃들이 일제히 예쁜 꽃을 터뜨린다. 서울 사람들이야 달력을 보고 계절을 안다지만 시골에 살며 작물을 키우다 보면 달력보다 꽃이 먼저다.

자귀나무는 장마 시기를 정확히 알아맞히기에 옛사람들은 장마나무라 부르기도 했다. 그래서 첫 꽃이 피면 팥을 파종하고 총채 같은 꽃들이 만개할 때쯤 하지감자, 마늘, 양파 따위를 수확하기 시작한다.

자귀꽃이 피면 내 작은 농장도 또다시 바빠진다. 이곳 경기 북부에서는 벚꽃이 질 때쯤 호박, 오이, 고구마, 고추를 비롯해 온갖 작물을 심기 시작하는데 그 후 두 번째 농번기인 셈이다. 오늘은 감자와 마늘을 수확하고 서리태와 들깨를 심기로 했다. 텃밭이 가까이 있으면 며칠 짬을 내 차곡차곡해야 할 일이건만 기껏 일주일에 한 번 찾으니 매번 벼락치기를 피할 수가 없다. 욕심을 줄이면 될 일을 빈 땅이 생기고 이 계절에 뭔가 심을 게 있으니 꼭 이렇게 일을 벌이고 만다. 오늘은 서울 사는 처제 부부가 일손을 돕기로 했다.

작황은 양호하다. 감자는 씨감자 4킬로그램을 심어 80킬로그램 이상 수확했으니 "감자는 스무 배 장사"라는 공식은 얼추 맞춘 셈이다. 다만 잦은 장마비에 감자가 무르지 않을까 조금 걱정은 된다. 마늘도 간마늘을 만들어 냉동해두면 한 일 년 요긴하게 사용할 정도는 거두었다. 고추는 볼펜 길이만 한 고추를 열기 시작하고 토마토도 아기 조막 같은 열매를 매달고 있다. 수확철에 들었다는 뜻이다.

서리태는 퇴비를 하지 않고 마늘 수확한 자리를 골라 심기로 했지만 들깨는 한해 내내 비워둔 공간부터 정리해야 한다. 처제 부부를 부른 이유도 그 때문이다. 내가 다른 일을 할 동안 처제 부부가 무성한 잡초를 제거해주기로 했다.

서리태 모종 이백 수를 심고 나자 다시 장맛비가 쏟아진다. 나는 얼른 호미를 챙겨 들고 농막 데크로 피신한다. 하루종일 들깨밭을 정리하던 처제 부부도 부랴부랴 올라와 내 옆에 자리를 잡는다. 평생 서울을 벗어나지 않은 두 사람이 이곳에만 오면 마치 평생을 농사꾼으로 살아오기라도 한 듯 바지런하다. 농막에서 내려다보니 그 넓은 잡초밭이 어느새 2/3가량 누런 바닥을 드러냈다. 저기에 모종을 심어 들깨를 한 말 정도 수확하면 한 해 우리 가족이 먹을 들기름이 나온다.

남은 잡초들 사이로 루드베키아도 여기저기 만발했다. 그러고 보니 루드베키아도 장마 꽃이었구나.

"고마워, 덕분에 큰일 하나 덜었네."

"고맙기는요. 서울 사람한테도 휴식이 필요한걸요."

내가 고마움을 표하자 동서의 대답이 그랬다. 농사일이 노동이 아니라 휴식이란다. 그 대답이 마음에 든다. 내게는 고작 운동거리이자 소일거리였건만 휴식이라니.

고려대 송혁기 교수는 어느 칼럼에선가 자연을 "화수분"이라고 표현했는데 그 말이 한참 동안 가슴에 머문 적이 있다.

"자연은…… 아무리 가져다 써도 시간만 지나면 원래대로 채워진다. 일부가 망가지면 스스로 치유하여 회복되는 것이 또 자연이다."

자연과 있으면 우리도 함께 치유되고 채워지는 것도 그 때문이겠지? 그래서 휴식인 걸까? 장맛비가 거세지며 농막

차양을 후두둑 때리고 달아난다. 빗속에 자귀나무가 휴식이라도 취하듯 일제히 잎들을 가지런히 접는다.

하지 감자를 캐다

농번기다. 날이 더워지면 식물도 성장 속도가 빨라지기에 손이 많이 갈 수밖에 없다. 고추, 오이, 호박 등을 따고 잡초들도 손을 봐야 한다. 게으른 도시농부라 잡초야 제거보다 공존이 편하다 해도 작물 옆에 떡 하니 뿌리박은 놈들까지 모르는 척할 수는 없다. 옥수수 추비를 하고 들깨 심을 공간도 마련하고, 텃밭은 이렇듯 늘 사람의 손길과 발소리를 부른다.

농작물 수확이야 언제나 기대 반, 설렘 반이라지만 내게는 당연히 감자가 갑이다. 그해의 텃밭을 연 뒤, 3월 중순 제일 먼저 심는 작물이기도 하고 동서양을 막론하고 감자만큼 훌륭한 식재료도 없을 것이다. 감자전, 옹심이, 타코 등 국내에 알려진 요리만도 마흔 가지가 훌쩍 넘으니 말이다.

아이들이 좋아하는 덕에, 감자튀김, 웨지감자 정도는 나도 웬만큼 이력이 있다.

아내가 감자 몇 알을 들고 농막으로 올라간다. 수확기면 의례처럼 하는 일이 그해 첫 감자로 감자채전 만들기다. 집에서는 내가 요리 전담이지만 이곳에 오면 일손이 바쁜 탓에 식사 담당은 아내 몫이 된다. 감자를 얇게 채 썰어 청양고추, 후추 약간을 더해 만든 전은, 첫 감자라는 상징과 더불어 텃밭의 기막힌 별미이자 막걸리 안주가 되어준다.

누군가에게 땅은 투자와 투기의 대상일 뿐이지만 땅만큼 인심이 넉넉한 존재도 없다. 도시의 팬데믹 집중, 부동산 투기, 취업을 향한 남녀 갈등…… 요즘은 도시에서 들려오는 뉴스가 다들 심란하다. 옛날에는 가난이 지겨워 시골이 도시로 떠났다지만 문득 이제는 도시가 시골로 눈을 돌리면 어떨까, 안이한 생각도 해본다. 외국영화를 보면 시골도 깨끗하고 세련된 모습이던데, 그렇게 도시에 돈을 쏟아붓고도 저 모양 저 꼴이라니…… 하기야 위정자들이 알아서 할 일이지, 나 같은 촌로가 웬 왈가왈부란 말인가.

올해는 신기하게도 감자가 풍년이다. 한 줄기에 적당한 크기의 감자가 여섯에서 열 알씩 달려 나오자 아내도 신이 나서 환호를 보낸다. "종자가 좋았나? 올해는 왜 이렇지?"

라고 아내가 묻기에 농부가 열심히 일해서 그렇다고 대답했더니, 그럼 작년엔 왜 그렇게 게을렀느냐며 타박한다.

아무리 애를 써도 마음대로 되지 않는 게 또 농사일이다. 지난해에도 두 달 가까이 장마가 이어지는 통에 고추는 탄저병이 들고 잎채소도 다 녹아내렸다. 올해의 풍년도 종자, 바람과 햇볕, 하다못해 여기저기 제집을 마련한 지렁이들까지 한몫을 담당했으리라. 얼치기 도시농부야 그저 자그마한 대풍이나마 감사할 따름이다. 어제처럼 시원하게 소나기나 한바탕 지나가면 좋겠다.

잡초 이야기

2015년 농촌진흥청 발표에 따르면 당시 우리나라 농경지의 악성 잡초는 모두 육백십구 종이다. 특히 요즘 같은 장마철이면 잡초의 종류도 천문학적으로 늘어난다. 내 텃밭만 해도 그렇다. 얼마 전 확인해보니, 쇠뜨기, 바랭이, 비름나물, 명아주 등, 이른바 '잡초'라는 불명예를 쓴 식물만 해도 어림잡아 오륙십 종류는 되는 듯싶다.

잡초는 그 하나하나가 생명력의 끝판왕이다. 예를 들어 번식의 왕, 칡만 해도 그렇다. 이곳은 산기슭이라 농막 주변에 칡이 무성한 편이다. 칡은 근두(根頭) 하나에서 줄기가 스무 개씩 뻗어 나오고 따뜻하고 습한 여름이면 줄기 하나하나가 하루 20~30센티미터씩 자란다. 뿌리도 굵고 깊어 포크레인이 아니면 근절 자체가 불가능하다.

제초제를 쓰면 문제는 간단할지 몰라도, 나로서는 농촌진흥청처럼 어느 잡초가 악성인지 구분할 자신이 없다. 더욱이 제초제는 어딘가 나치 정권의 인종청소 같은 느낌이다. 내가 심은 작물 아니면 다 나와! 이 풀, 저 풀 유대인처럼 "잡초"라는 주홍글씨를 달아준 뒤 모조리 제초제 가스실로 보내야 하는 걸까? 꽃 보기가 궁한 이른 봄, 텃밭 가득 자리 잡은 오랑캐꽃도? 어디선가 날아와 노란 꽃을 무더기로 피워내는 한여름 큰금계국도? 향이 기막힌 박주가리나 분홍색 꽃이 아름다운 메꽃은 또 어떤가?

요즘 공정한 경쟁 운운하지만, 솔직히 공정하게 싸우면, 밭작물 따위는 잡초에 게임이 되지 않는다. 제아무리 잘났다 한들 밭작물이야 기껏 주인의 구미에 맞는다는 이유로 과보호 받는 존재들이 아닌가. 하기야 차별은 그대로 두면서 공정을 거론하는 자체가 코미디 같기는 하다.

사실 잡초라는 이름 자체가 편견이다. 위키백과에서 보면, 잡초란 "인간이 농경 생활을 시작하면서 발생한 것으로 때와 장소에 적절하지 않은 식물"이다. 요컨대, 인간의 입맛에 따라 등장한 개념이지만 그마저 애매모호하기는 마찬가지다.

이른 봄, 텃밭 여기저기 피어나는 제비꽃, 민들레는 좋은 식재료이기도 하지만, 겨우내 꽃에 굶주린 마음을 토닥토닥 보듬어주는 소중한 존재다. 내가 심지도 않고 장소도 적절하지 않지만 잡초라니? 말도 안 된다. 돼지감자는 내가 심기도 하고 국화과 특유의 꽃이 아름답다. 그래도 2~3년 지나면 그 엄청난 번식력에 혀를 내두르고 만다.

잡초가 꼭 나쁜 것도 아니다. 토양 입자 사이를 넓혀 물 빠짐을 좋게 하고 유기질을 만들어 미생물의 활동을 도와주고 병충해를 유인해 작물을 보호한다. 큰비가 내릴 경우 토양이 유실되는 것도 막아준다. 냉이, 쑥, 달래, 민들레 나물은 슈퍼에서도 비싸게 팔리고, 왕고들빼기, 쇠비름은 몸에 좋기로 유명하다.

오래전 잡초와의 싸움을 포기했다. 예쁜 꽃들은 텃밭 한 귀퉁이에 따로 자리를 만들어 옮기고 작물에 직접 피해가 가지 않는다면 이따금 예초기로 키만 조절한다. 이렇게 하면 풀이 쌓여 거름이 되고 오히려 다른 잡초가 나오는 것도 막아준다. 애초에 잡초라는 이름을 달고 태어나는 풀은 없다. 베려 하면 모두가 잡초이고 품으려 하면 꽃 아닌 것이 없다는 말도 있지 않은가. 아무리 하찮은 풀이라도 배제가 아니라 공존의 전략이 필요하다. 그래야 내 몸도 마음도 편해진다.

6, 7월은 대한민국이 아름다운 시즌이다. 4월에는 벚꽃과 더불어 온갖 나무꽃들이 꽃망울을 터뜨린다면 요즘은 키 큰 풀꽃들이 일제히 미모를 뽐낸다. 개양귀비, 큰금계국, 코스모스, 끈끈이대나물…… 이런 꽃들은 번식력도 좋아 어느 날, 불현듯 내 텃밭까지 날아와 한구석에 자리를 잡는다.

내가 심지도 않고 텃밭이라는 장소에 어울리지 않다 해도 내게는 감자 몇 알보다, 양배추 한두 개보다 더 귀한 손님인 셈이다. 나는 작물 일부를 포기하고 애써 그들의 자리를 보전해준다. 배척이 아니라 공존의 전략을 택한 것이다. 덕분에 내 텃밭에는 계절에 따라 윤판나물, 홀아비꽃대, 나도송이풀, 누린내풀 같은 보기 귀한 야생화들도 한 자리씩 차지한다.

농사는 잡초와의 싸움이 절반이라고 했던가? 세상사 사는 방법도 다양하건만 우리 인간은 오로지 싸움, 경쟁으로 환원하고 만다. 경쟁과 배척은 사람을 지치고 척박하게 만든다. 잡초 하나 없이 깨끗한 텃밭은 어딘가 비인간적이기까지 하다. 싸우고자 한다면 모두가 적이겠지만 품고자 한다면 잡초도 꽃으로 보이는 게 또 세상일이다.

《정원 잡초와 사귀는 법》의 저자 히키치 부부는 잡초가 있을 때 작물도 나무도 더 생생하게 웃는다고 말한다. 잡초와 아름답게 공존해야 비로소 정원도 텃밭도 진정한 모습을 찾는다. 잡초가 있어야 텃밭도 사회도 건강해진다. 한여름 무더위 속에서 고추 순을 따다가, 문득 털별꽃아재비, 개망초, 유럽나도냉이 같은 소위 '잡초' 꽃과 눈 맞춤 하는 것도 기분 좋은 일이다.

꽃 한 송이 꺾는 것이 곧 멸종의 시작이다

강원도 화천, 비수구미 마을엔 아주아주 특별한 공간이 있다. 비수구미는 평화의 댐 근처의 오지마을이다. 가구 수는 셋, 일반인은 차를 타고 들어가지 못할 정도로 오지이나 (7킬로미터의 임도를 걷거나 1.5킬로미터 산을 넘어가야 한다), 마을 이름의 뜻이 "신비로운 물이 빚은 아홉 가지 아름다운 고장"일 정도로 정취가 아름다워, 불편한 교통에도 여행객들의 발길이 끊이지 않는다.

마을이 외부에 알려지기 시작한 이유는 특별한 꽃 하나 때문이다. 광릉요강꽃, 환경부 지정 멸종위기 야생생물 1급이다. 전국 야산을 샅샅이 뒤져도 삼사백 촉밖에 못 본다는 이 귀한 꽃이 이곳에만 무려 삼천 촉가량 자라고 있다(그중 매년 일천 촉 정도가 개화한다고 한다). 5월 초 이곳에 가면 활짝 핀 광릉요강꽃과 복주머니란(역시 멸종위기종이다)을 원 없이 볼 수 있다.

이곳 마을 이장 장윤일 씨가 평화의댐 건설 현장에서 위기에 처한 꽃 대여섯 송이를 캐와 증식한 것이 지금에 이르렀다. 멸종위기에서도 최상위에 속하는 야생화가 그곳에서만 풍성하게 자라니 특별하고도 특별한 공간이 아닐 수 없다.

야생화가 멸종위기에 이르는 이유야 많겠지만 광릉요강꽃은 자초한 면이 없지 않다. 꿀샘의 입구가 좁은 탓에 나비 같이 커다란 곤충은 접근이 거의 불가능하고, 타화수정이라는 어려운 이름의 복잡한 과정을 두 번씩 반복해야 한다. 더욱이 난초과 식물이 대개 그렇듯, 수정과 발아에 균류의 도움이 필요한 탓에 발아율이 2퍼센트에도 미치지 못한다. 멸종위기가 아니라면 그게 더 이상한 노릇이다.

더 무서운 것은 우리 인간의 손이다. 발아가 어렵다 한들, 비수구미 마을처럼 식생만 맞는다면 어떻게든 식구를 늘리며 살아가련만, 귀한 식물일수록 비싼 값에 거래되기에 화초꾼, 약초꾼들의 마수를 피하기가 어렵다. 인터넷 검색을 하면 광릉요강꽃, 복주머니란 같은 화초가 여전히 한 촉에 일이십만 원에 거래되고 있다.

하나의 식물은 고도, 기온, 바람, 햇볕, 세월 등이 협력하여 만든 창조물이다. 신의 영역이라 일반인이 키우기는 쉽지 않다는 뜻이다. 아까 지적했듯, 광릉요강꽃 같은 난초는 공생균의 도움까지 받아야 하기에 국립수목원 같은 전문기관에서도 증식에 쩔쩔매는 형편이다. 비싼 돈을 주고 혼신을 다해 키워봐야 한두 해를 넘기기 어렵다.

2021년 초봄, 야생화 탐사 프로그램을 위해 포천 광덕산에 갔을 때였다. 모데미풀, 동이나물, 얼레지 등, 아름다운 야생화들을 관찰하고 내려와 식당을 찾았는데 주인이 문밖에서 나물을 다듬고 있었다. 궁금해 물었더니 얼레지란다. 얼레지는 나물로 유명한 꽃이다. 옛날에도 트럭을 몰고 와 싹쓸이 해가는 통에 멸종위기까지 몰렸다고 들었다. 정부의 보호정책과 계몽으로 위기를 모면했다 싶었는데 일각에서는 여전히 이렇듯 대수롭지 않게 남획하고 있다.

매미가 애벌레를 거쳐 칠 년 만에 지상에 나왔다가 보름 정도를 살고 죽듯, 얼레지 역시 씨앗이 땅에 떨어지고 칠 년이 지나서야 꽃을 피운다. 그리고 역시 보름 정도를 살다가 시들고 만다. 그런데 꽃을 피우기도 전에 저렇게 뿌리까지 뽑아 장사밑천으로 삼다니.

사람들이 식물을 탐하는 이유는 주로 세 경우다. 예뻐서

데려가 키우려고, 귀하니까 비싼 값에 팔 생각으로, 그리고 식용이나 약용으로 쓰기 위해서다. 첫 번째 역시 삼가야 하나 기껏 한두 송이이기에 큰 위협은 아닐 수 있다. 두 번째는, 귀한 식물일수록 개인이 취미로 키우기는 불가능에 가깝다. 귀한 만큼 식생이 까다롭다는 뜻이기 때문이다. 우리가 부질없는 기대를 접으면 화초꾼들도 더는 건드리지 않으리라 믿는다. 일반 가정에서는 원예화가 제격이다.

내가 보기에, 세 번째, 식용, 약용이 제일 큰 문제다. 지금도 여전히 약초 애호 커뮤니티에서는 버스까지 대절해 몰려와 귀한 식물들을 불법 채집한다. 지난해 가을 정선바위솔을 찾아갔을 때도 그랬다. 바위솔은 옛날 고택 기와에 잘 자라 와송이라고 부르던 식물이다. 그런데 지붕개량 사업에 밀려, 또는 암에 좋다는 이유로 남획되는 탓에, 이젠 보기 어려운 식물이 되고 말았다. 그날도 너럭바위에 수십 촉이 부락을 이루며 사는 모습을 확인했건만 다음 날 지인이 찾아가 보니 흔적도 없이 사라졌다는 것이다.

내가 사는 곳에 야생화로 유명한 천마산이 있다. 예전에는 삼지구엽초, 가지더부살이, 천마, 삽주, 곰취 따위를 어렵지 않게 만났건만 해가 갈수록 확연히 줄고 있다. 곰취는 이미 10년 전에 자취를 감추었다. 야생식물 아니더라도, 맛난 것도 몸에 좋은 것도 얼마든지 있건만, 굳이 한 종족을 멸종으로 몰아가며 먹어야 하는지 나로서는 이해하기가 쉽지 않다.

식물의 멸종에는 매체의 잘못도 크다. 어제도 저녁 식사 시간에 TV를 보는데 약초꾼 얘기가 나왔다. 그런데 우슬을 찾았다며 기뻐하더니 뿌리째 캐어 PD에게 선물하는 것이 아닌가! 우슬(쇠무릎)이 귀한 식물은 아니지만 어쨌거나 모두 불법이다. 산림자원의 조성 및 관리에 관한 법률, 제73조 제1항에 따르면 소유주나 지자체의 허가 없이 임산물을 채취할 경우 오 년 이하의 징역 또는 오천만 원 이하의 벌금에 처한다. 그런데도, 자연을 다루는 프로그램들까지 나서서 자연훼손, 불법 산행, 불법 채취를 자랑하듯 여과 없이 보여준다. 심지어 귀한 산야초로 만든 담금주가 가득한 집을, 부러움의 시선까지 담아 소개하기도 한다. 이따금 허가받아 촬영했다고 자막을 띄우지만, 촬영까지는 모르겠지만 카메라 밖에서 벌어지는 자연훼손과 불법 채취까지 허가받았을 리는 만무하다.

설령 허가를 받았다고 해도 문제다. 자연을 보호해야 할 TV 방송이 오히려 자연을 훼손하고 야생식물을 남획하라고 부추기는 꼴이 아닌가. 결국 불법행위를 부러워하게 만들고 시청자들에게 그래도 된다는 메시지를 전하는 셈이다. 진정한 자연인이라면 자연을 악용해 자신의 욕심을 채울 것이 아니라 자연에 동화하고 자연의 순리에 따르고 자연을 지켜주는 모습을 보여주어야 할 것이다.

꽃 한 송이 꺾으면 그게 곧 멸종의 시작이다. 자연은 눈으로 보고 가슴에 담고 사진으로만 간직할 일이다. 내가 어디를 가나 입버릇처럼 하는 말이다.

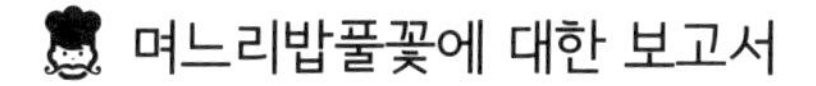

며느리밥풀꽃에 대한 보고서

우리나라 야생화는 재미있는 이름이 많다. 열매가 갈고리처럼 달라붙는다고 해서 도둑놈의갈고리(심지어 개도둑놈의갈고리도 있다!), 지린내가 나니까 쥐오줌풀, 열매가 개의 성기를 닮았다고 개불알풀…… 그 밖에 광릉요강꽃, 개털이슬, 족도리풀들도 특이한 모양이나 특성을 따라 이름을 붙인 경우다.

사연을 담은 이름도 적지 않다. 사위질빵은 사위를 향한 장모의 사랑이 담뿍 담겨 있다. 사위가 처가에 와서 나무를 하러 가는데 너무 많이 지면 힘들다며 장모가 이 덩굴식물로 질빵을 만들어주었다. 사위질빵은 쉽게 끊어지는 특성이 있다.

아름다운 미담만 있는 것도 아니다. 며느리밑씻개는 잎과 줄기에 작고 딱딱한 가시가 촘촘히 나 있는 풀이다. 시어머니가 며느리를 미워해서, 볼일을 본 뒤 휴지 대신 밑을 닦으라고 이 풀을 내주었단다. 이름만으로도 며느리에 대한 증오가 배어나는 듯하다.

이현세의 만화, 《며느리밥풀꽃에 대한 보고서》에 등장하는 꽃도 며느리밑씻개와 그다지 다르지 않다. 옛날에 며느리가 밥이 잘 되었나 보려고 밥풀 몇 알을 입에 넣다가 시어머니한테 들켰다. 시어머니는 며느리가 밥을 훔쳐 먹는다며 때려죽였는데 그 후 며느리 무덤가에 밥풀을 닮은 꽃이 피었다. 실제로 꽃을 보면 피처럼 붉은 꽃잎 한가운데 밥풀 무늬 두 개가 선명하다.

유형은 비슷하건만, 사위질빵은 장모의 사랑을, 며느리밑씻개 등은 시어머니의 서슬 푸른 증오를 담고 있다. 백년손님 사위는 씨암탉까지 잡아 고이 모시고, 며느리는 몸종 정도로 여기던 풍습을 꽃 이름에서까지 확인하는 듯해 늘 씁쓸한 기분이다.

얼마 전, 태백산에서 기생꽃을 보았다. 기생꽃은 멸종위기 2급의 희귀식물이다. 이 꽃 역시 모양 때문에 이름을 얻었는데, 희고 고운 꽃이 기생의 고운 얼굴이나 장신구를 닮았다는 것이다. 나는 귀한 꽃을 만난 기쁨에 SNS에 꽃 사진을 올리고 이름까지 달아주었다.

얼마 후 한 여성이 댓글을 달았는데 창피하게도 난 그 댓글을 읽고 나서야 기생꽃이라는 이름에 문제가 있다는 사실을 깨달았다. 나름대로 성차별이나 여성 비하 언어에 민감한 편이라 여겼건만 나 역시 한계가 있었던 것이다. 당시의 댓글은 "꽃 이름에 꼭 이렇게 여성비하 개념이 들어가야 할까요?"였다.

꽃 이름 갖고 웬 호들갑이냐 할지 몰라도, 호칭은 부르거나 불리는 대상의 존재를 규정하므로 모든 차별의 기본이라 할 수 있다. 며느리가 남편 식구들을 서방님, 도련님이라고 부르는 게 온당치 않은 이유도 그 때문이다. 노예제 시대에 흑인들을 학대하고 죽이고 강간하고 매매하는 게 가능했던 이유도, 노예를 사람이 아니라 가축으로 분류했기 때문이라 들었다. 꽃의 아름다움을 강조하기 위해서라지만 그 이름이 "잔치나 술자리에서 노래나 춤, 풍류로 남성의 흥을 돋우는 일이 직업인 여성"을 뜻한다면 여성의 관점에서 마음이 편할 리가 없다.

며느리밑씻개의 어원은 일본 이름 "마마코노시리누구아"에서 비롯했다. 마마코는 의붓자식이란 뜻이고 시리누구아는 볼일 본 뒤의 밑씻개를 뜻한다. 일본에서 왜 "의붓자식"

이 미움의 대상인지 모르겠으나, 그걸 우리말화하면서 작명자가 굳이 며느리로 바꾸었다면 그 "남자"가 평소 여성을 어떤 존재로 여겼는지 짐작할 만하다.

우리 삶 속에는 여전히 며느리밥풀꽃, 며느리밑씻개 같은 차별의 언어들이 차고도 넘친다. 낙엽을 화냥기에 비유하고 인어상 찌찌 운운하는 글을 쓰거나 읽고도 아무렇지 않고 심지어 박수갈채를 보내는 이유가 거기에 있다. 기생꽃과 마찬가지로, 여성의 아름다움을 칭송했는데 무슨 문제냐는 투다. "모든 차별에 반대한다."라는 퍼포먼스가 유행인가 보다. 거대 담론에 대한 문제 제기도 좋지만, 내 주변에 내 생활에 내 의식과 무의식 속에 남아 있는 차별의 잔재도 한 번쯤 돌아볼 일이다.

그런데 이현세는 며느리밥풀꽃이라는 이름이 실재하지 않는다는 사실을 알았을까? 그 꽃의 정확한 이름은 꽃며느리밥풀이다.

텃밭에서 살아남기

십 년 전, 농사라고는 한 번도 해보지 못한 내게 함께 텃밭을 해보자고 권했던 C는 이듬해를 마지막으로 손을 뗐다. 그 시간에 차라리 테니스 연습을 더 하겠단다. 후배도 동료들과 함께 텃밭을 하겠다며 이삼 년 열심이더니 "형, 난 텃밭 체질이 아닌가 봐." 하며 떠났다.

도시의 중년 남성이 제일 좋아하는 프로그램이 "나는 자연인이다"라고 들었다. 콘크리트뿐인 거리, 획일적이고 답답한 사무실, 복잡한 인간관계, 편치 않은 가정사 등, 문명사회에서의 삶이 만만치 않다는 방증이리라. 마음이야 훌쩍 문명을 떠나 자연 속에 숨고 싶겠지만 그게 어디 쉬운 일이겠는가?

그나마 도시농업, 이른바 텃밭 놀이가 대안일 텐데 한두 해 해보고는 "에이 힘들어 못 하겠다."라고 하며 등을 돌리는 사람이 적지 않다. 이유가 뭘까? 내가 보기엔, 텃밭의 매력과 가치를 오해한 데에서 비롯한다.

농촌진흥청에서는 도시농업의 매력과 가치로 "뿌듯한 자부심, 나누는 행복, 몸과 마음의 건강, 먹는 즐거움, 가꾸는 재미"를 들었다. 처음 텃밭을 하는 사람들은 아무래도 "먹는 즐거움, 뿌듯한 자부심, 몸과 마음의 건강" 순으로 텃밭의 매력을 염두에 둘 것 같다. 텃밭을 하면 싱싱한 채소를 먹을 수 있고 농사를 짓는 과정에서 몸과 마음의 건강 그리고 자부심까지 챙길 수 있다고 생각하는 것이다.

사람들이 오해하는 사실이 하나 있다. 텃밭 채소는 슈퍼 채소보다 더 건강하고 싱싱하고 맛있을까? 꼭 그렇지만은 않다. 도시농업인은 대체로 일주일에 한두 번 텃밭을 찾는다. 그에 반해 한여름 작물 자라는 속도는 눈에 보일 정도다. 예를 들어, 지난주에 오이나 호박이 덜 익어 그냥 두었다면 그다음 주엔 너무 익어 씨가 커질 대로 커지고 만다. 가지는 벌레에 시달려 잔뜩 굽은 채 껍질 여기저기 누런 생채기가 박히고 수박은 기껏해야 아기 머리 크기로 자라 먹기도 전에 문드러지고 만다.

아까우니 어떻게든 요리를 해보지만 몇 해 전 배추는 왜 그리 뻣뻣한지 김장을 해놓고도 김치찌개용으로나 간신히 써먹었다. 열무는 자라기도 전에 구멍부터 숭숭 나고 만다. 잘 익은 토마토나 오이, 딸기를 만날 때는 눈물이 날 정도로 행복하지만 시기를 맞추기가 어려운 데다 그건 먹는 즐거움이라기보다 직접 키운 작물이라는 프리미엄이 작용한 덕이 크다.

게다가 텃밭 작물인들 어디 저절로 크겠는가. 제때에 심고 주기적으로 추비하고 약을 주고 순을 따주는 등 정성을 쏟아야 그나마 그럴듯한 작물을 얻는다. 그 수고도 장난이 아니다. 모처럼 텃밭에 왔는데 밭은 잡초가 점령하고 제대로 된 작물은 찾기 어렵다면 시간이 갈수록 한숨만 커질 따름이다.

순전히 농작물을 먹는 즐거움이라면 텃밭보다 슈퍼 산이 더 나을 수 있다. 전문 농부들이야 시장에 내다 팔기 위해 농작물에 온갖 트릭을 부리는 사람들이 아닌가. 모양과 맛으로만 따진다면 오히려 그쪽이 선수다. 텃밭을 하며 먹는 즐거움이라면 그보다 하루 노동을 마치고 시원한 맥주 한 캔을 따거나, 텃밭 이웃이 모여 바비큐에 약주 한잔 걸치는 쪽이 더 가깝겠다. 실제로 그 재미로 텃밭 하는 사람들도 적지 않다.

자부심과 건강도 그렇다. 어쨌든 파종하고 모종을 심으면 결실을 보니 보람도 자부심도 생기겠지만 그런 식의 기분은 사실 실체라기보다 개인의 마음가짐에 가깝다. 그러니까 이미 작은 일에 만족할 준비가 되어 있는 사람이라는 뜻이다. 평소보다 일찍 일어나도 자부심, 저녁에 술을 한 잔 덜 마셔도 자부심. 그런 마음가짐이야 개인한테든, 주변 사람에게든 분명 좋은 일이지만 그런 사람은 텃밭을 하지 않아도 어디서든 얼마든지 뿌듯한 자부심을 느낄 것이다. 다섯 평, 열 평 텃밭 농사가 그렇게 대단한 일은 아니지 않는가. 건강이라면 내게 텃밭을 권했던 C처럼 테니스를 하거나 산행을 하는 편이 낫다.

투자비에도 미치지 못할 소출, 잡초와의 끝없는 싸움, 30도가 훌쩍 넘어가는 무더위 아래에서의 노동. 기껏 한 주에 하루 가는 터라 도시농업은 온종일 힘겨운 노동을 피할 길이 없다. 가물면 물 걱정, 장마에는 병해 걱정, 더위엔 일 걱정…… 그래도 난 사람들이 포기하지 않고 텃밭에서 살아남기를 바란다. 어떻게든 살아남아 텃밭이 주는 삶과 행복을 누리면 좋겠다.

내가 텃밭을 포기 못 하는 이유는 그곳에 삶이 있다고 믿기 때문이다. 텃밭 하는 사람을 도시농부라고 부르는 이유가 있다. 텃밭을 하거나, 관심이 있는 사람은 대부분 도시인들이거나 흙과 무관한 일을 생업으로 삼고 있다. 요컨대, 도시의 콘크리트 밭에서 부대끼며 살아간다는 뜻이다.

콘크리트밭과 텃밭은 생태계 자체가 다르다. 도시는 철저히 자본주의와 경쟁, 지배/피지배의 세계이지만 텃밭은 원시 세계에 가깝다(도시농업과 귀농은 그 점에서 다르다. 농사가 업이 되는 순간 자본주의 논리에 종속되고 만다). 이곳 원시세계에는 잉여가치도 없고 착취와 비착취도 없다. 오로지 몸과 흙이 만나 삶을 만들어내고 삶을 나누고 그로써 내가 치유를 받고 살아갈 힘을 얻는다.

도시농업인은 땅을 닮아 마음이 더없이 풍요롭고 너그럽다. 그리하여 흙이 아낌없이 모든 것을 내어주듯 자신이 거둔 작물을 이웃에게 나누어준다. 그것만으로도 난 도시농업인이 많아질수록 세상이 밝아지고 건강해지리라 믿는다.

서울의 신임시장이 전임 시장의 치적이라는 이유를 들어 도시농업 전담부서를 없애고 예산도 60퍼센트 이상 삭감하려 한다고 들었다. 서울의 도시농업은 2022년 현재 면적이 이백이십 헥타르에 참여자가 육십육만 명이다. 지난 십 년간 면적은 7.5배, 참여 인구는 열다섯 배 가깝게 늘어났다. 그만큼 도심 속 자연을 갈망하는 사람이 늘고 있건만 말 그대로 시대를 역행하는 것이다.

신임 시장이야 콘크리트 세계의 대변인 같은 사람이니 도시의 흙을 모두 콘크리트로 덮고 싶겠지만 도대체 저 콘크리트 세계에서는 어떤 삶이 움트고 살아갈 수 있을까? 흙이, 땅이 줄고 있다. 도시인들이 삶과 만날 기회가 점점 사라지고 있다.

도시농업은 단순한 취미 활동이 아니다. 도시 텃밭은 도시인들에게 콘크리트 사막 속 오아시스 같은 곳이다. 사람들은 그곳에서 삶을 만나고 사람을 만나고 그로써 스스로 삶의 기운을 얻는다. 콘크리트 세상에서는 가능하지 않은 일이다.

과학저술가 조현욱은 〈프리즘〉에 기고한 칼럼에서 "도시인들이 알레르기 질환과 천식, 자가면역 질환 등에 많이 걸리는 이유가, 자연과 접촉이 부족한 탓"이라며 2012년 5월, 미국 〈국립과학 아카데미 회보〉의 논문을 인용하였다. "박테리아는 인체의 미생물 상(相)을 다양하게 만들며 이것은 면역계가 정상적으로 발달하고 유지되는 데 중요한 역할을 한다…… 건강에 이로운 박테리아는 도시가 아닌 지역에서 훨씬 더 많이 존재한다."라고 했다. 땅은 도시인들의 병든 마음과 몸을 치료하는 수단이기도 하다.

팬데믹 시대를 맞아 땅과 도시농업의 치유 능력이 주목받고 있다. 삶이, 살아간다는 게 얼마나 중요한지 깨닫게 된 것이다. 텃밭은 단순히 취미 경작이 아니다. 흙을 만지고 작물을 키우고 이웃과 만나 나누는 행위만으로도 도시농업이 우리 삶에 미치는 영향은 무궁무진하다. 나는 사람들이 텃밭의 가치를 제대로 이해하고 꼭 텃밭에서 살아남기를 바란다. 그래야 텃밭에서만이라도 살아남을 수 있다.

가난하게 살 권리, 비겁하게 살 권리

얼마 전 소확행이라는 말이 크게 유행했다. "소소하지만 확실한 행복"이라니. 듣기 좋은 말이다. 부자가 아니면 어떤가. 해외여행 맘대로 못 가고 외식은 동네 중국집 정도로 만족하고 아이들 사교육 좀 부족한들 무슨 대수랴. 행복은 눈높이라는 말도 있으니 형편, 사정 내에서 큰 욕심 없이 소소한 일에 만족하며 살면 그만 아닌가.

의도하지는 않았어도 내 삶도 소위 "소확행"에서 크게 다르지 않다 싶다. 결혼 후 서울에 전셋집을 마련했지만, 점점 외곽으로 떠밀리다가 십 년쯤 전 이곳 변두리 마을에 정착했다. 아쉽다는 생각은 별로 들지 않았다. 서울에서야 열 평 안팎의 비좁은 다세대주택 전세방이었지만 이곳에 오니 똑같은 집세로도 두세 배 넓은 아파트가 생겼다. 집을 나서면 어디나 산과 계곡과 강이 있고 작은 텃밭이나마 생전 처음 내 손으로 흙을 만지고 작물을 키울 기회도 주어졌다. 경쟁이 덜한 덕분인지 아이들도 큰 부침 없이 자라주었다. 화려하지는 않지만 소소한 만족, 그야말로 "소확행"이다.

"소확행"이 사회적으로, 정치적으로 올바르거나 정의롭다고 생각하지는 않는다. 전두환 정권 시절, 국민의 불만을 다른 곳으로 돌리기 위해 3S 정책(sports, screen, sex)을 강화했다는 얘기를 들었다. 어쩌면 "소확행"이라는 개념도 민초들의 신분 상승 욕구를 막고 부자들을 향한 부질없는(?) 분노와 반감을 달래기 위해 만든 허위 개념일 수 있다.

얼마 전 어느 칼럼에선가 이런 글을 보았다. "(소확행을 권하는 책들은) 타인에게 피해 보지도 주지도 말고 나만의 작은 행복을 지키며 살라고 말하고 있었다. 약탈적 자본주의, 사회적 불평등, 민주주의의 세계적 퇴조 같은 거대 담론은 이해할 수도, 해결할 수도 없는 바깥세상의 일이고, 창문도 없는 쪽방 속의 삶들은 내 눈에는 가려진 이 사회의 잔여물이다."

옳은 지적이다. "소확행"은 "소소하고 확실한 행복"이 아니라 "소소하지만 확실한 행동"이어야 할 수도 있겠다. 세상은 여전히 불공평하고 소위 기득권층에서는 불법과 탈법과 편법으로 부를 축적하고 특권을 세습한다. 아직은 자기 만족이 아니라 행동이 필요한 건지도 모르겠다.

얼마 전, 한 친구가 강사법 시행으로 강단을 잃고 끝내 귀촌을 결심했다. 시간강사의 처우개선을 위해 누구보다 선봉에 서서 고군분투해 그나마 강사법이라는 결실을 보았건만 돌아온 건 해고 아닌 해고 통보, 결국 패배를 인정하고 물러나기로 한 것이다.

모르긴 몰라도 그 친구도 머지않아 낯선 자연과 만나고 농작물을 키우며 마음을 달랠 것이다. 이따금 하늘을 올려다보며 한숨을 내쉬기도 할까? 우연인지는 몰라도 내 주변엔 이런 사람들이 적지 않다. 불의와 싸우다 상처투성이가 된 채 하루하루 회한을 어루만지며 살아가는 사람들. 왜 우리는 패배와 좌절의 기억보다 이긴 후의 배신감에 더 크게 상처받으며 살아야 하는 걸까?

사실 이른바 "특혜 전쟁"에도 별 감흥이 없다. 정도의 차이가 있을 뿐 어차피 "그들만의 리그"가 아닌가. 부의 세습, 취업 청탁, 화려한 스펙…… 이런 현상들이 비단 어제오늘의 일도 아니건만, 유독 그나마 낫다는 정권에서 늘 폭탄이 되어 터졌던 것도 내 눈엔 우습기만 하다. 새 정권이 들어서면서 빈부격차는 더 커지고 어두운 곳은 더 어두워졌다. 하지만 올해는 아내도 나도 촛불을 끄기로 했다. 그 겨울 그렇게 치열하게 싸웠건만 또다시 이 자리라니.

소확행은 없다. 그 자리엔 그들의 욕망을 위한 대리전쟁에 더 이상 소모품이 되기를 거부하는 사람들과, 싸우다 싸우다 지친 사람들의 자조적인 한숨만 있을 뿐이다. 정치도 교육도 날이 갈수록 그들만의 리그 안에서 이야기가 분분해지는 요즈음 나는 "약탈적 자본주의, 사회적 불평등, 민주주의의 세계적 퇴조" 같은 거대 담론보다, 친구가 시골로 내려간다며 던진 얘기가 더 마음에 와닿는다.

"가진 자는 점점 더 많이 가지려 하는데, 없는 자는 왜 자꾸 욕심을 버리고 가난하게 살려는 걸까?"

가을걷이

가을은 노란색이다. 풀도 나무도 곡식도 모두 노랗다. 이슬이 서리로 변하기 시작한다는 한로(寒露)가 지나자 논의 벼도 줄기가 노랗게 물들고 낟알은 고개를 숙였다. 마음 바쁜 논은 벌써 추수를 마치고 여기저기 하얀 곤포사일리지가 나뒹군다. 요즘에는 더러 분홍도 보인다. 예전에는 이름을 정확하게 몰라서 공룡알, 마시멜로 따위로 불렀는데, 저런 식으로 발효해 가축 사료로 쓴다고 들었다.

추수철이라지만 탈곡기 소리는 옛말이 된 지 오래다. 요즘은 땅주인이 직접 벼농사를 짓는 경우도 드물다. 내 텃밭이 있는 이곳 가평만 해도, 전문 농사꾼들이 트랙터를 몰고 다니며 대신 농사를 짓고 그 대가로 일정량의 쌀을 공물처럼 바친다. 현대적 의미의 소작농인 셈이다. 한철을 맞은 노란 메뚜기들이 논길 여기저기 펄떡펄떡 뛰어다닌다.

백로, 추분, 한로, 상강…… 예전 같으면 그냥 듣고 넘어갈 단어들이건만 어느 해부터인가 가을걷이 때가 되면 부지런히 절기를 챙기게 된다. 들깨를 조금 일찍 베면 영글지 않고 조금 늦게 베면 깨가 다 터지고 만다. 고구마도 일찍 캐면 맛이 덜하고 늦게 캐면 섬유질이 생기고 저장성이 떨어진다.

농사꾼이 달력과 일기예보를 마음에 품고 산다는 얘기는 들었지만 요즘은 내가 그렇다. 들깨를 털어 늘어놓고는 비가 오면 어쩌지 걱정이고, 갑자기 기온이 떨어진다니 이번엔 김장무가 얼까 불안하다. 배추는 영하 8도에도 견딘다지만 무는 영하 1~2도만 되어도 얼어서 모두 버려야 한다. 고추는 더 심하다. 열대 지방 출신이라 더운 지방에서는 나무처럼 자란다는데 이곳에서는 서리 한 번에 폭탄이라도 맞은 듯 주저앉아 버린다.

가을에 거두어야 하는 수확이 농작물만은 아니다. 한로 무렵이면 들판에 냉이, 달래, 전호, 망초, 씀바귀들이 새로 싹을 내밀기 시작한다. 땅은 인심이 좋다. 3월부터 냉이, 달래, 다래 순, 두릅 순, 엄나무 순 등으로 농작물이 본격적으로 나오기 전 한해의 입맛을 돋우더니, 농사가 막바지에 이르러 다시 먹거리가 궁해지니 다시 이렇게 넉넉한 품을 보여주는 것이다.

서울 사람들이 땅땅거리며 산다지만 땅은 시골에 내려와서야 비로소 본분을 다한다. 키우고 살찌우고 베푸는 것, 이거야말로 땅이 할 일이 아니겠는가.

가을걷이라 했지만 거두는 것만으로 일이 끝나지는 않는다. 가을 냉이, 달래만 해도 그렇다. 시장에서야 대부분 어느 정도 씻고 다듬어 상품으로 내놓지만, 노지 나물은 하나하나 오물을 벗겨내고 몇 번을 다듬고 씻어야 간신히 식재료로 이용할 수 있다. 텃밭의 가을걷이 대부분이 그렇다. 들깨는 베어낸 다음 이레에서 열흘을 말려야 깨를 털 수 있다. 그러고도 이물질을 날리고 씻고 말리기를 거듭해야 방앗간에 가져가 들기름을 짜낸다.

고추도 정리 작업이 만만치 않다. 고추는 빨간고추, 청양고추, 풋고추로 구분해 딴 다음 깨끗하게 씻은 뒤, 빨간고추는 말려 고춧가루를 만들고, 청양고추와 풋고추는 소금에 절여 삭힌 고추를 만들거나 간장물을 끓여 장아찌로 만든다. 다행히 올해는 고추 농사가 제법이다. 그간 따서 말린 고춧가루가 8킬로그램이 나왔다. 지난해만 해도 비가 많이 오는 바람에 죄다 탄저병에 걸려 못 쓰게 되었건만.

"텃밭 농사는 재미있는데 수확 이후가 더 문제야. 일이 일이 끝도 없네."

점심 식사를 마친 후 아내와 국화차를 마시며 내가 밑도 끝도 없이 투덜거렸다. 사실이 그렇다. 조금만 게으르면 애써 키운 작물들이 냉장고에서 잠을 자다 썩어나가고 만다. 그래서 당장 쓰지 못할 수확물은 데쳐서 말리거나 냉동실에 저장해둔다. 농사는 뒤처리가 더 큰일이다. 처리 무서워 농사 못 짓는다는 말이 절로 나온다.

서울 사람들은 속도 모르고 소확행이니 뭐니 하며 부러워하지만 내게는 그저 일상일 뿐이다. 식사 때가 되면 식사 준비를 하듯 주말이 되면 어떻게든 하루를 비워 이곳으로 내려온다.

가을걷이가 끝나면 겨울 준비에 들어간다. 오후에는 마늘밭을 마련해 멀칭을 하고 씨마늘을 심어야 한다. 마늘은 그렇게 겨울을 나고 내년 6월에 수확하게 된다. 양파도 비슷하지만 추운 곳이어서인지 매년 실패만 거듭하고 있다. 11월 하순이면 배추, 무, 쪽파, 대파, 갓 등 김장거리를 수확해, 언제나처럼 그 자리에서 곧바로 김장을 한다. 그러면 3월 중순 감자 심기부터 시작한 한해의 농사가 모두 끝나고, 이곳은 내년 2월 중순경 다시 문을 열 때까지 동면에 들어

간다.

나는 차를 마시며 텃밭을 내려다보았다. 올해는 감자, 고추, 배추가 풍년이고, 호박, 양배추, 고구마는 망했으며, 그 밖의 작물들은 그저 그런 수준이다. 어차피 자연이 주는 만큼만 가져가자고 시작한 일, 이 정도면 선방이다 싶다. 좀비 농장, 내 작은 농장의 이름이다. 오백 평의 맹지에 농막을 짓고 텃밭을 만들고 과수를 몇 그루 심었다. 텃밭을 시작한 지 십 년, 이곳에 터를 잡은 지도 칠 년이 저물어간다. 문득 십 년째 지치지 않고 흔들리지 않고 꿋꿋이 텃밭을 지켜온 내가 장하다는 생각이 든다. 그동안 난 얼마나 자연과 가까워졌을까?

느리고 불편하게 살기

새해 첫날, 이양주를 담갔다. 일반 막걸리, 즉 단양주는 오래전부터 종종 빚어 즐기고 있지만 이양주, 삼양주는 품과 시간이 많이 들고 또 덧술로 쓰는 찹쌀 가격도 만만치 않아 지금은 일 년에 두어 번, 명절 안팎으로만 만든다. 멥쌀로 밑술을 하고, 사흘에서 닷새 뒤에 찹쌀 고두밥으로 덧술을 하고도 발효가 끝날 때까지 계절에 따라 서너 주를 기다려야 하기에 선뜻 덤벼들기가 쉽지는 않다.

올해는 석탄주에 도전해봤다. 향이 너무 좋아 "차마 삼키기 아깝다."라고 하여 이름이 아낄 석, 삼킬 탄, 석탄주(惜呑酒)라는 말에 혹한 것이다. 검색해보니 용수를 박고 하루 뒤, 위에 뜬 맑은 술을 한 잔 마시면 사과인지 포도인지 모를 야릇한 과일향이 한참 동안 입에 감돈단다.

이양주를 담근다고 했지만, 옛 맛이든, 장인의 솜씨든, 내가 무슨 재주로 흉내 내겠는가. 장비, 온도는 일반 가정에서 제대로 갖추기도 맞추기도 어렵지만, 성격도 꼼꼼하지 못한 탓이 더 크다. 백 번은커녕 쌀뜨물이 어느 정도 가라앉을 정도만 씻고 만다. 찹쌀고두밥도 찜기가 아니라 전기밥솥으로 해결한다.

내가 하는 일이 매번 그렇다. 그 시간에 부지런히 번역하고 글을 쓰고, 대신 장인의 명주를 사는 것이 훨씬 실속 있으련만, 기어이 때가 되면 괜한 고생을 하고 법석을 떨고 만다. 제대로 할 생각도, 능력도 없으면서.

뭐든 직접 만들어 먹는 편이다. 삼시세끼 요리하고, 된장, 고추장을 빚어 먹고, 밭을 매어 채소를 키워 먹고, 심지어 맥주까지 만들어 마신다. 물론 어느 것 하나 제대로 하지는 못한다. 음식은 매번 맛이 다르고, 텃밭에는 일주일에 겨우 한 번, 하루만 가서 일하기에 채소들을 제때 찾아 먹기도 쉽지 않다. 계산은 안 해봤어도 퇴비, 비룟값도 건지기 어려울 법하다.

예쁘게 포장한 호박, 오이처럼 예쁜 결과만 바란다면야 노동이 아니라 소비가 제격이다. 자본주의가 그런 목적으로 존재하기도 한다. 결혼 후, 서울을 등지고 교외로 빠져나올

때부터 어느 정도 불편한 삶을 각오했지만 그러다 보니 오히려 그 불편함의 맛에 빠지고 말았다. 텃밭의 호박은 종종 멧돼지 앞다리만 하게 자라고 고구마는 크기도 모양도 들쑥날쑥하지만 그래도 이곳엔 손으로 흙을 어루만지고 이따금 하늘을 올려다보며 땀을 식히는 매력이 있다. 장인의 막걸리는 맛과 향이 뛰어날지 몰라도, 직접 쌀을 씻을 때의 간지러운 손맛은 포기해야 한다.

이런 삶은 느리고 불편하고 궁핍하고 궁상맞다. 하지만 거기에도 자발적 불편함이 주는 매력이 있다. 느릴수록, 불편할수록 행복해지는 삶이 있다. 우리는 이미 너무 빠르고 편하다. 어쩌면 그럼에도 더 편해지려고만 하는지도 모르겠다. 내가 편하면 주변이 불편하고 내가 예쁘고 깨끗하면 세상이 대신 추하고 더러워진다.

스타벅스와 CGV 밖에도 삶이, 세상이 존재한다는 사실을 뒤늦게나마 깨달은 것이다.

올해는 설 즈음에 석탄주를 거를 수 있다. 명절 음식을 몇 개 만들어 아내와 시음할 생각이다. 정말로 사과, 포도향이 날까? 한 모금 머금으면 목으로 넘기기가 아쉬운 맛일까? 그러니까 내가 새해를 맞아 이양주를 빚는 일은 일종의 바람인 셈이다.

먹고사는 문제야 올해도 길 안의 덫처럼 내 발목을 잡아채겠지만, 그래도 조금 더 세상 밖으로 벗어나, 조금 더 느리고 불편하게 살 수 있기를 빌어본다.

나가는 글

부부가 함께 늙어간다는 것은

"그러니까, 올해 내가 쉰여덟인 거네."

아내가 산책하다 말고 불쑥 내뱉는다. 첫째에 이어 막내까지 직장을 구해 독립해 나가자 이따금 허전해하기에 휴일이면 풍광 좋은 곳을 찾아 함께 산책하고 있다. 오늘은 때마침 눈이 내리기에 가까운 강변을 찾았다.

"음, 바뀐 개념대로라면 아직 쉰여섯이야. 생일도 아직 멀었잖수."

아내와는 나이 차이가 있다. 아내 생일이 음력 11월 후반이고 내가 3월 초이니 칠 년 구 개월쯤? 처음 만났을 때 아내가 스물두 살 무렵이었으니 벌써 서른다섯 해쯤 되었다. 때마침 올해가 결혼 삼십 주년이기도 하다. 아내는 참 오래도 함께 살았다지만 난 농반진반으로 신혼 삼십 년째라고 받아치고 만다.

"쉰여덟이라고 생각하니 갑자기 확 늙었다는 생각이 들어서."

"진짜 늙은이 앞에서 못 하는 소리가 없네."

아내는 잠시 걷더니 주변 사람들 얘기를 꺼낸다. 어제 S를 만났는데 남편이 벌써 일주일째 폐렴으로 입원 중이래. K는 허리가 아프다며 나흘째 결근이야. 나이가 들면서 다들 병을 달고 사는가 봐. 나도 얼마 전에 수술했잖아 등등. 아내가 이런 얘기를 꺼내는 이유는 뻔하다. 나보고 조심하라는 얘기. 4월이면 벌써 예순넷이니 늙은이 취급을 하자는 거다.

"왜, 그래서 걱정돼?"

"그럼 걱정 안 돼? 형도 조심해야 해요."

"이 정도면 무슨 일이 생겨도 이상하지 않은 나이유. 물론 조심도 하고 운동도 꾸준히 하겠지만 이제 나보다 하늘의 선택이 우선 아니겠어?"

사실이 그렇다. 아내가 불안해할까 입을 다물고 있지만 얼마 전 고향에서 만난 친구들의 대화가 대부분, 약, 병원, 통증 얘기였다. 가난한 동네라 조로하는 면이 없지 않아도 그래도 나이를 속일 수는 없는 법이다.

"미리 걱정하지는 말아요. 언제 일어날지 모를 일 미리 걱정하는 건 바보짓이야. 건강에도 나쁘고. 그냥 맘 편히 지내다가 상황이 닥치면 그때 적절하게 대처하면 돼요."

아무리 달래도 해가 바뀌고 날이 갈수록 나를 바라보는 아내의 시선은 달라질 것이다. 어쩌면 늙는다는 건 그런 얘기인지도 모르겠다. 내 주름과 함께 아내의 수심도 깊어지는 것. 그래서겠지? 그다지 춥지 않은 날이건만 강제로 목도리를 둘러주고 비니를 쓰게 한 것도.

나 정도면 또래 중에도 건강한 축에 속한다. 은퇴 후 살림하고 농사짓고 틈틈이 글빚을 갚고 책 펼치는 삶에도 잘 적응해가고 있다. 이 정도면 복 받은 삶이 아니겠는가.

"이제 온전히 둘 뿐이네."

"그래, 그 삶에도 익숙해져야지."

문득 주름이 늘수록 주변이 비어간다는 생각이 들었다. 은퇴 자체가 세상과 거리를 둔다는 뜻이리라. 아이들이 곁을 떠나듯 지인들도 한 사람씩 멀어지고 있다. 이러다가 결국 부부 둘만 남는 거겠지?

"걱정하지 마요. 내가 여든네 살까지는 열심히 밥해줄 테니까."

"무슨 소리야. 아흔네 살까지는 나 책임져야지."

내 말에 아내가 눈을 흘기며 반박한다. 나는 아내의 손을 잡으며 정말 그럴 수 있으면 좋겠다고 생각해본다.

펜 대신 팬을 들다
아내를 위한 레시피
삶과 자연을 요리하는 그 남자 이야기

초판 1쇄 2024년 3월 4일
2쇄 2024년 6월 21일

지은이 조영학
펴낸이 이채진
디자인 유랙어
펴낸곳 틈새의시간
출판등록 2020년 4월 9일 제406-2020-000037호
주소 경기도 파주시 하늘소로16, 105-204
전화 031-939-8552
이메일 gaptimebooks@gmail.com
페이스북 @gaptimebooks
인스타그램 @time_of_gap

ISBN 979-11-983875-8-5 (03810)

* 책값은 뒤표지에 있습니다. 잘못 만들어진 책은 구입하신 서점에서 교환해드립니다.